우리 고전 다시 읽기

춘향전

구인환(서울대 명예교수) 엮음

좋은 책 좋은 독자를 만드는 —
㈜신원문화사

머리말

　수천년 동안 한 민족이 국가의 체제를 갖추어 연면한 역사와 전통을 계속해 왔다는 것은 인류 역사를 살펴봐도 그렇게 흔한 일이 아니다. 그리고 그 민족이 고유한 문자를 가지고 후세에 길이 전할 문헌을 남겼다는 것은 더욱 흔한 일이 아닐 것이다.

　이러한 면에서 볼 때 우리 한민족은 세계 어느 나라와 비교해도 손색없고, 자랑스러운 역사와 전통을 이어왔다. 우리 한민족은 5천 여 년의 기나긴 역사를 통하여 수많은 외세의 침략을 받아 백척간두의 국난을 겪으면서도 우리의 역사, 한민족 고유의 전통을 면면히 이어온 슬기로운 조상이 있었다. 이러한 까닭으로 오늘날 빛나는 민족의 문화 유산을 이어받은 것이다.

　고전 문학(古典文學)이란 실용성을 잃고도 여전히 존재할 만한 값어치가 있고, 시대와 사회는 변해도 항상 시대를 초월하여 혈연의 외침으로 우리의 공감대를 울려 주기에 충분한 문화적 유산이다. 그러므로 오늘을 사는 우리들은 조상의 얼이 담긴 옛

문헌을 잘 간직하여 먼 후손들에게까지 길이 이어주어야 할 사명감을 가져야 할 것이다.

고전 문학, 특히 국문학(國文學)을 규정하는 기준이 국어요, 나라 글자라면 우리 민족의 생활 감정을 표현한 국문 작품이야말로 진정한 국문학이 된다 할 것이다.

그러나 우리 고유 문자의 탄생은 오랜 민족 역사에 비해 훨씬 후대에 이루어졌다. 이 까닭으로 우리 민족은 일찍부터 외국의 문자, 즉 한자가 들어와서 사용했다. 이처럼 우리 선조들이 고유 문자가 없음을 한탄할 때에, 세종조에 와서 마침 인재를 얻어 훈민정음이 창제되었다. 하지만 여전히 한자가 독보적인 행세를 하여 이 땅에 화려한 꽃을 피웠다. 따라서 표현한 문자는 다를지언정 한자로 된 작품도 역시 우리 민족의 생활 감정을 나타낸 우리의 문학 작품이다. 이러한 귀결로 국·한문 작품을 '고전 문학'으로 묶어 함께 싣기로 했다.

우리 글이 창제된 이후에도 우리 선조들의 손으로 쓰여진 서책이 수만 권에 달한다. 그 가운데에서 국문학상 뛰어난 몇몇 작품을 선정하는 것은 물론 산재해 있는 문헌의 자료를 수집하기 위해 숨어 간직되어 있는 작품을 찾아내는 것도 여간 어려운 일이 아니었다. 그럼에도 이만한 성과를 거두고 이만한 고전 문학 작품을 추리는 것은 현재를 삼는 우리의 당연한 책임이자 의무이다. 다만 한정된 지면과 미처 찾아내지 못한 더 많은 작품이 실리지 못한 것이 아쉬울 따름이다.

엮은이 씀

차
례

춘 향 전 · 13

작품 해설 · 146

춘향전

숙종대왕(肅宗大王)[1] 즉위 초에 성덕(聖德)이 넓으시사 성자
성손(聖子聖孫)은 계계승승(繼繼承承)하사 금고옥적(金鼓玉笛)[2]
은 요순(堯舜) 시절이요, 의관문물(衣冠文物)[3]은 우탕(禹湯)[4]의
버금이라.

  좌우보필(左右輔弼)은 주석지신(柱石之臣)[5]이요, 용양호위(龍
虎衛)[6]는 간성지장(干城之將)이라. 조정에 흐르는 덕화(德化)
향곡(鄕曲)에 펴졌으니 사해(四海) 굳은 기운이 원근에 어려 있
다. 충신은 만조(滿朝)하고 효자열녀가 가가재(家家在)라. 미재
미재(美哉美哉)라. 우순풍조(雨順風調)하니 함포고복(含哺鼓

---

1) 조선 제19대 왕.
2) 북과 피리 등의 악기.
3) 그 나라 사람들의 옷차림과 인문(人文)·물질(物質) 등 모든 방면의 상황.
4) 중국 고대 하나라의 우왕과 상나라의 탕왕. 모두 성군(聖君)이었음.
5) 나라에 없어서는 안 될 중요한 신하.
6) 조선 시대 때 군대 편제를 비유한 말.

14

腹)¹⁾ 백성들은 처처에 격양가라.

이때 전라도 남원부(南原府)에 월매(月梅)라 하는 기생이 있
으되, 삼남(三南)의 명기(名技)로서 일찍 퇴기(退妓)²⁾하여 성가
(成歌)라 하는 양반을 데리고 세월을 보내되 연장사순(年將四
旬)에 당하여 일점 혈육이 없어 일로 한이 되어 장탄수심(長嘆
愁心)에 병이 되겠구나. 일일은 크게 깨쳐 옛사람을 생각하고
가군(家君)³⁾을 청입(請入)하여 여쭈오되 공손히 하는 말이,

"들으시오, 전생에 무슨 은혜 끼쳤던지 이생에 부부되어 창
기(娼妓) 행실 다 버리고 예모(禮貌)도 숭상하고 여공(女功)도
힘썼건만 무슨 죄가 진중(珍重)하여 일점 혈육 없었으니 육친무
족(肉親無族) 우리 신세 선영향화(先塋香火)⁴⁾ 뉘라 하며 사후감
장(死後監葬) 어이하리. 명산대찰에 신공(神供)이나 하여 남녀
간 나게 되면 평생 한을 풀 것이니 가군의 뜻이 어떠하오."

성참판(成參判) 하는 말이,

"일생 신세 생각하면 자네 말이 당연하나 빌어서 자식을 낳
을진대 무자(無子)할 사람이 있으리요."

하니, 월매 대답하되,

"천하대성(天下大聖) 공부(孔夫子)도 이구산(尼丘山)에 빌으
시고, 정(鄭)⁵⁾나라 정자산(鄭子産)⁶⁾은 우형산(右荊山)에 빌어

---

1) 입에 음식물을 머금고 배를 두드리면서 노래하는 상고 시대 사람들의 태평을 기뻐하는
   모양.
2) 기생 노릇을 하다가 그만둔 여자.
3) 남에게 자기 남편을 일컫는 말.
4) 선산에 제사지내는 것.
5) 중국 춘추 시대의 한 나라.
6) 춘추 시대 정나라의 대부.

나 계시고, 아동방(我東方) 강산을 이를진댄 명산대천이 없을손
가. 경상도 웅천(熊川) 주천의(朱川儀)는 늙도록 자녀 없어 최고
봉에 빌었더니 대명천자(大明天子)나 계시사 대명천지 밝았으
니 우리도 정성이나 들여 보사이다. 공든 탑이 무너지며, 심은
나무 꺾일손가."

　이날부터 목욕재계(沐浴齋戒) 정히 하고 명산승지 찾아갈 때
오작교(烏鵲橋)[7] 썩 나서서 좌우산천 둘러보니 서북에 교룡산
(蛟龍山)은 술해방(戌亥方)을 막아 있고 동으로는 장림(長林) 수
풀 깊은 곳에 선원사(禪院寺)는 은은히 보이고, 남으로는 지리
산(智異山)이 웅장한데 그 가운데 요천수(蓼川水)는 일대장강
(一帶長江) 벽파(碧波)되어 동남으로 둘렀으니 별유건곤(別有乾
坤) 여기로다. 청림(靑林)을 더우잡고[8] 산수를 밟아 들어가니
지리산이 여기로다. 반야봉(般若峰) 올라서서 사면을 둘러보니
명산대천 완연하다.

　상봉(上峰)에 단(壇)을 무어[9] 제물을 진설하고 단하에 복지하
여 천신만고 빌었더니 산신님의 덕이신지, 이때는 5월 5일 갑자
(甲子)라. 한 꿈을 얻으니 서기반공(瑞氣盤空)하고 오채영롱(五
彩玲瓏)[10]하더니 일위선녀 청학을 타고 오는데 머리에 화관이
요, 몸에는 채의로다. 월패(月佩)[11] 소리 쟁쟁하고 손에는 계화
(桂花) 한 가지를 들고 당에 오르며 거수장읍하고 공순히 여쭈

---

　7) 광한루 안에 있는 다리 이름.
　8) 부축하고. 붙잡고.
　9) 쌓아 올리고.
　10) 여러 무늬의 광채가 찬란함.
　11) 달 모양의 노리개.

오되,

"낙포(洛浦)의 딸일러니 반도(蟠桃)[1] 진상(進上) 옥경(玉京) 갔다 광한전(廣寒殿)에서 적송자(赤松子) 만나 미진정회(未盡情懷)하올 차에 시만(時晚)함이 죄가 되어 상제 대노하사 진토에 내치시며 갈 바를 몰랐더니, 두류산(頭流山) 신령께서 부인 댁으로 지시하기로 왔사오니 어여삐 여기소서."

하며 품으로 달려들새, 학지고성(鶴之高聲)은 장경고(長頸故)라. 학의 소리에 놀래 깨니 남가일몽이라. 황홀한 정신을 진정하여 가군(家君)과 몽사를 설화하고 천행으로 남자를 낳을까 기다리더니, 과연 그 달부터 태기 있어 10삭이 당하매 일일은 향기 만실하고 채운이 영롱하더니 혼미중에 생산하니 일개 옥녀를 낳았나니, 월매의 일구월심 기리던 마음 남자는 못 낳았으되 져근듯[2] 풀리는구나. 그 사랑함은 어찌 다 형언하리. 이름은 춘향(春香)이라 부르면서 장중보옥같이 길러 내니 효행이 무쌍이요, 인자함이 기린(麒麟)이라. 7, 8세 되매 서책에 착미(着味)하여 예모장절(禮貌貞節)을 일삼으니 효행을 일읍(一邑)이 칭송 아니할 이 없더라.

이때 삼청동(三淸洞) 이한림(李翰林)[3]이라 하는 양반이 있으되 세대명가요, 충신의 후예라. 일일은 전하께옵서 충효록(忠孝錄)을 올려 보시고 충효자를 택출하사 자목지관(字牧之官) 임용하실새, 이한림으로 과천(果川) 현감에 금산(錦山) 군수 이배(移排)하여 남원 부사(南原府使) 제수하시니, 이한림이 사은숙

---

1) 3천년에 한 번 꽃을 피워 열매를 맺는다는 복숭아 나무 또는 그 열매.
2) 잠깐. 잠깐 동안.
3) 조선 시대 때 예문관 검열의 별칭.

배 하직하고 치행차려 남원부에 도임하여 선치민정(善治民情)하니, 사방에 일이 없고 방곡의 백성들은 더디 옴을 칭원한다. 강구연월(康衢煙月)⁴⁾ 문동요(聞童謠)라 시화연풍(時和年豊)하고 백성이 효도하니 요순 시절이라.

이때는 어느 때뇨, 놀기 좋은 삼춘이라. 호연비조(胡燕飛鳥) 뭇새들은 농조화답(弄調和答) 짝을 지어 쌍거쌍래 날아들어 온갖 춘정 다투는데 남산화발(南山花發) 북산홍(北山紅)과 천사만사 수양지에 황금조는 벗 부른다. 나무나무 성림하고 두견 접동 다 지나니 일년지가절(一年之佳節)이라. 이때 사또 자제 이도령이 연광은 이팔이요, 풍채는 두목지(杜牧之)⁵⁾라. 도량은 창해같고 지혜 활달하고 문장은 이백(李白)⁶⁾이요, 필법은 왕희지(王羲之)⁷⁾라. 일일은 방자⁸⁾ 불러 말씀하되,

"이 골 경처(景處) 어데매냐, 시흥(詩興) 춘흥(春興) 도도하니 절승경처 말하여라."

방자놈 여쭈오되,

"글공부하시는 도령님이 경처 찾아 부질없소."

이도령이 이른 말이,

"너 무식한 말이로다. 자고로 문장재사도 절승강산 구경키는 풍월작문 근본이라, 신선도 두루 돌아 박람하니 어이하여 부당하랴. 사마장경(司馬長卿)이 남으로 강회에 떴다. 대강을 거사릴 때 광랑성파(狂浪盛波)에 음풍이 노호하여 예로부터 가르치

---

4) 요(堯)의 선치(善治)를 구사한 동요.
5) 당나라 때의 시인.
6) 당나라 때의 시인. 자는 태백.
7) 진(晋)나라 때의 서예가. 자는 일소.
8) 지방 관아에서 심부름하는 종.

니, 천지간 만물지변이 놀랍고 즐겁고도 고운 것이 글 아닌 게 없나니라. 시중천자(詩中天子) 이태백은 채석강(采石江)에 놀아 있고, 적벽강(赤壁江) 추야월에 소동파(蘇東坡)[1] 놀아 있고, 심양강(潯陽江) 명월야에 백낙천(白樂天)[2] 놀아 있고, 보은속리(報恩俗離) 운장대(雲藏臺)에 세조대왕 노셨으니 아니 노든 못하리라."

이때 방자 도령님 뜻을 받아 사방경개 말씀하되,

"서울로 이를진대 자문 밖 내달아 칠성암(七星菴)·청련암(靑蓮菴)·세검정(洗劍亭)과 평양 연광정(練光亭)·대동루(大同樓)·모란봉(牧丹峰)·양양 낙선대(洛仙臺)·보온 속리 운장대·안의(安義) 수승대(搜勝臺)·진주(晋州) 촉석루(矗石樓)·밀양 영남루(嶺南樓)가 어떠한지 몰라와도, 전라도로 이를진대 태인(泰仁) 피향정(披香亭)·무주(茂朱) 한풍루(寒風樓)·전주 한벽루(寒碧樓) 좋사오나 남원 경처 들조시요. 동문 밖 나가오면 장림숲 선원사(禪院寺) 좋삽고, 서문 밖 나가오면 관왕묘(關王廟)는 천고영웅 엄한 위풍 어제 오늘 같삽고, 남문 밖 나가오면 광한루(廣寒樓)[3] 오작교(烏鵲橋) 영주각(瀛洲閣) 좋삽고, 북문 밖 나가오면 청천삭출(靑天削出) 금부용(金芙蓉) 기벽하여 우뚝 섰으니 기암(奇巖) 둥실 교룡산성(蛟龍山城) 좋사오니 처분대로 가사이다."

도령님 이른 말씀,

"이애 말로 듣더라도 광한루 오작교가 경개로다. 구경가자."

---

1) 송나라 때의 시인. 자는 자첨. 아버지 순과 아우 철과 함께 삼소(三蘇)라 불림.
2) 당나라 때의 시인 백거이. 호는 향산거사.
3) 남원에 있는 누각.

도령님 거동 보소. 사또 전 들어가서 공순히 여쭈오되,

"금일 일기 화난하오니 잠깐 나가 풍월음영 시운목도 생각하고자 싶으오니 순성이나 하여이다."

사또 대희하여 허락하시고 말씀하시되,

"남주(南州) 풍물을 구경하고 돌아오되 시제를 생각하라."

도령 대답,

"부교(父敎)대로 하오리다."

물러나와,

"방자야, 나귀 안장 지어라."

방자 분부 듣고 나귀 안장 짓는다. 나귀 안장 지을 때, 홍영(紅纓)·자공(紫鞚)·산호편(珊瑚鞭)·옥안(玉鞍)·금천(錦韉)·황금록(黃金錄)·청홍사(靑紅絲) 고운 굴레 주락상모(珠絡象毛) 듬뿍 달아, 층층 다래 은엽등자(銀葉鐙子) 호피(虎皮) 돋움에 전후걸이 줄방울을 염불법사(念佛法師) 염부 메듯,

"나귀 등대하였소."

도령님 거동 보소. 옥안선풍 고운 얼굴 전판(剪板)[4] 같은 채머리 곱게 밀기름에 잠재워 궁초댕기 석황 물려 맵시있게 잡아 땋고, 성천수수(成川水紬) 접동배 세백저(細白苧) 상침바지 극상세목(極上細木) 겹버선에 남갑사(藍甲紗) 대님 치고 육사단(六紗緞) 겹 배자(褙子) 밀화(蜜花)단추 달아 입고, 통행전(筒行纏)을 무릎 아래 넌짓 매고 영초단(英綃緞) 허리띠 모초단(毛綃) 도리낭을 당팔자(唐八絲) 갖은 매듭 고를 내어 넌짓 매고, 쌍문초(雙文綃) 진동정 중치막에 도포 받쳐 흑사띠를 흉중에 눌

---

4) 종이를 도련할 때에 쓰는 얇고 좁고 긴 나무 조각.

러 매고 육분당혜(肉粉唐鞋) 끄을면서,

"나귀를 붙들어라."

등자 딛고 선뜻 올라 뒤를 싸고 나오실 때 통인 하나 뒤를 따라 삼문 밖 나올 적에 쇄금부채 호당선(胡唐扇)으로 일광을 가리우고 관도성남 넓은 길에 생기있게 나갈 때 취래양주(醉來楊州)하던 두목지의 풍채런가. 시시오불현(時時誤拂絃)에 주랑(周郎)의 고음(顧音)이라. 향가자맥춘성내(香街紫陌春城內)에 만성견자수불애(滿城見者誰不愛)[1]리요.

광한루 섭적 올라 사면을 살펴보니 경개가 장히 좋다. 적성(赤城) 아침 날에 늦은 안개 띠어 있고 녹수에 저문 봄은 화류동풍 둘러 있다. 자각단루분분요(紫閣丹樓紛紛耀) 벽방금전상영롱(壁房錦殿相瑛瓏)[2]은 임고대(臨高臺)를 일러 있고, 요헌기구하최외(瑤軒錡構何崔嵬)[3]는 광한루를 이름이라. 악양루(岳陽樓) 고소대(姑蘇臺)와 오초동남수(吳楚東南水)는 동정호(洞庭湖)로 흘러지고 연자(燕子) 서북에 팽택(彭澤)이 완연한데 또 한곳 바라보니 백백홍홍 난만중에 앵무 공작 날아들고 산천 경개 둘러보니 예구분[4] 반송(盤松)솔 떡 갈잎은 아주 춘풍 못 이기어 흐늘흐늘 폭포유수 시냇가에 계변화(溪邊花)는 뻥긋뻥긋, 낙락장송 울울하고 녹음방초승화시라. 계수·자단·모란·벽도의 취한 산색 장강(長江) 요천(蓼川)에 풍덩실 잠겨 있고, 또 한곳 바라보니, 어떠한 일 미인이 봄새 울음 한가지로 온갖 춘정 못 이기

1) 제왕이 있는 서울의 거리와 언덕은 푸르고 아름다우니 성 가득히 보는 자, 누구 사랑하지 않으리요.
2) 단장을 한 누각은 어지럽게 비치어 빛나고, 화려한 방 아름다운 대궐은 서로 찬란하도다.
3) 구슬 마루와 비단으로 엮은 것이 어찌 높게 보이는고.
4) 굽어 있는. 에워 굽은.

어 두견화 질끈 꺾어 머리에도 꽂아 보며, 함박꽃도 질끈 꺾어 입에 함쑥 물어 보고, 옥수 나삼(羅衫) 반만 걷고 청산유수 맑은 물에 손도 씻고 발도 씻고, 물 머금어 양수하며, 조약돌 덥석 쥐어 버들가지 꾀꼬리를 희롱하니 타기황앵(打起黃鶯)이 아니냐. 버들잎도 주루룩 훑어 물에 훨훨 띄워보고 백설 같은 흰 나비 웅봉자접(雄峰雌蝶)은 화수(花鬚) 물고 너울너울 춤을 춘다. 황금 같은 꾀꼬리는 숲숲이 날아든다.

광한 진경 좋거니와 오작교가 더욱 좋다. 방가위지(方可謂之) 호남(湖南)에 제일성이로다. 오작교 분명하면 견우 직녀 어데 있나, 이런 승지에 풍월이 없을 소냐. 도령님이 글 두 귀를 지었으되,

고명오작선(高明烏鵲船)이요, 광한옥계루(廣寒玉階樓)라.

차문천상수직녀(借問天上誰織女)요, 지흥금일아견우(至興今日我牽牛)라.

이때 내아(內衙)에서 잡술상이 나오거늘 일배주 먹은 후에 통인 방자 물려 주고 취흥이 도도하여 담배 피워 입에다 물고 이리저리 거닐 때, 경처에 흥을 겨워 충청도 고마[5] 수영(水營) 보련암(寶蓮菴)을 일렀은들 이곳 경처 당할소냐. 붉은 단(丹), 푸를 청(靑), 흰 백(白), 붉을 홍(紅), 고물고물히 단청(丹靑), 유막황앵(柳幕黃鶯) 환우성(喚友聲)은 나의 춘흥 도와낸다. 황봉(黃蜂) 백접(白蝶) 왕나비는 향기 찾는 거동이라. 비거비래(飛去飛來) 춘성내(春聲內)요, 영주(瀛洲) 방장(方丈) 봉래산(蓬萊山)이 안하에 가까우니 물은 본이 은하수요, 경개는 잠깐 옥경이

---

5) 곰뫼의 속칭. 웅산. 공주 북쪽에 있음.

라, 옥경이 분명하면 월궁 항아 없을소냐.

이때는 3월이라 일렀으되 5월 단오일이었다. 천중지가절(天中之佳節)이라. 이때 월매 딸 춘향이도 또한 시서 음률이 능통하니 천중절(天中節)을 모를소냐. 추천(鞦韆)을 하랴 하고 향단이 앞세우고 내려올 때, 난초같이 고운 머리 두 귀를 눌러 곱게 땋아 금봉채(金鳳釵)를 정제하고 나군(羅裙)¹⁾을 두른 허리 미앙(未央)의 가는 버들 힘이 없이 되운 듯, 아름답고 고운 태도 아장거려 호늘거려, 가만가만 나올 적에 장림 속으로 들어가니 녹음 방초 우거져 금잔디 좌르륵 깔린 곳에 황금 같은 꾀꼬리는 쌍거쌍래 날아들 때, 무성한 버들 백척장고(百尺長高) 높이 매고 추천을 하려 할 때 수화유문(水禾有紋) 초록 장옷²⁾ 남방사 홑단³⁾ 치마 훨훨 벗어 걸어 두고, 자주(紫朱) 영초(影綃) 수당혜(繡唐鞋)를 썩썩 벗어 던져 두고, 백방사(白紡絲) 진솔 속곳 턱 밑에 훨씬 추고 연숙마(軟熟麻) 추천 줄을 섬섬옥수 넌짓 들어 양수에 갈라 잡고, 백릉(白綾) 버선 두 발길로 섭적 올라 발 구를 때, 세류(細柳) 같은 고운 몸을 단정히 노니는데 뒷 단장(丹粧) 옥비녀 은죽절(銀竹節)⁴⁾과 앞치레 볼작시면 밀화장도(密花粧刀)⁵⁾ 옥장도며 광월사(光月紗) 겹저고리에 제 색 고름이 태(態)가 난다.

"향단아 밀어라."

한 번 굴러 힘을 주며 두 번 굴러 힘을 주니 발 밑에 가는 티

---

1) 비단이나 깁으로 만든 치마.
2) 부녀자가 나들이할 때에 얼굴을 가리느라고 머리에서부터 내리쓰는 옷.
3) 홑옷의 가를 접어 꿰맨 것.
4) 은으로 대마의 형상으로 만들어 여자의 쪽에 꽂는 장식품.
5) 밀화로 만든 장도칼.

끌 바람 좇아 펄펄 앞 뒤 점점 멀어 가니 머리 위에 나뭇잎은
몸을 따라 흐늘흐늘 오고 갈 때, 살펴보니 녹음 속에 홍상자락
이 바람결에 내비치니 구만장천 백운간에 번갯불이 쐬이는 듯,
첨지재전홀언후(瞻之在前忽焉後)라. 앞에 얼른하는 양은 가비야
운 저 제비가 도화 일점 떨어질 때 차려 하고 쫓이는 듯 뒤로
번듯하는 양은 광풍에 놀란 호접 짝을 잃고 가다가 돌치는 듯,
무산선녀(巫山仙女) 구름 타고 양대상(陽臺上)에 내리는 듯, 나
뭇잎도 물어 보고 꽃도 질끈 꺾어 머리에다 실근실근,

"이애 향단아, 그네 바람이 독하기로 정신이 어찔한다. 그넷
줄을 붙들어라."

붙들려고 무수히 진퇴하며 한창 이리 노닐 적에 시냇가 반석
상에 옥비녀 떨어져 쟁쟁하고,

"비녀 비녀."

하는 소리 산호채[6]를 들어 옥반을 깨치는 듯, 그 태도 그 형용
은 세상 인물 아니로다.

연자삼춘(燕子三春) 비거래(飛去來)라 이도령 마음이 울적하
고 그 정신 어찔하여 별 생각이 다 나것다. 혼잣말로 섬어(譫
語)[7]하되,

"오호(五湖)에 편주(扁舟) 타고 범소백(范少伯)[8]을 좇았으니
서시(西施)[9]도 올 리 없고, 해성(垓城) 월야에 옥장비가(玉帳悲
歌)로 초패왕(楚覇王)을 이별하던 우미인(虞美人)[10]도 올 리 없

---

6) 산호로 만든 비녀.
7) 헛소리. 잠꼬대.
8) 중국 춘추 시대 월나라 · 초나라의 삼호지인(三戶之人).
9) 중국 월나라의 미인.
10) 초나라 항우의 총희(寵姬). 우는 성(姓).

고, 단봉궐(丹鳳闕) 하직하고 백룡퇴(白龍堆) 간 연후에 독류청
총(獨留靑塚)하였으니 왕소군(王昭君)도 올 리 없고, 장신궁(長
信宮) 깊이 닫고 백두음(白頭吟)을 읊었으니 반첩여(班婕妤)도
올 리 없고, 소양궁(昭陽宮) 아침날에 시치(侍廁)[1]하고 돌아오
니 조비연(趙飛燕)도 올 리 없고, 낙포선녀(洛浦仙女)가 무산선
녀(巫山仙女)ㄴ가."

도령님 혼비중천하여 일신이 고단이라. 진실로 미혼 지인이
로다.

"통인[2]아."

"예."

"저 건너 화류중(花柳中)에 오락가락 희뜩희뜩 얼른얼른하는
게 무엇인지 자세히 보아라."

통인이 살펴보고 여쭈오되,

"다른 무엇 아니오라, 이 골 기생 월매 딸 춘향이란 게집아이
로소이다."

도령님이 엉겁결에 하는 말이,

"장히 좋다. 훌륭하다."

통인이 아뢰되,

"제 어미는 기생이오나 춘향이는 도도하여 기생 구실 마다하
고 백화초엽에 글자도 생각하고 여공재질이며 문장을 겸전하여
여염처자[3]와 다름이 없나이다."

도령 허허 웃고 방자를 불러 분부하되,

---

1) 측간에 모시고 가는 일.
2) 수령의 심부름을 하던 이속.
3) 보통 백성이 모여 있는 집의 처녀.

"들은즉 기생의 딸이라니 급히 가 불러 오라."

방자놈 여쭈오되,

"설부화용(雪膚花容)⁴⁾이 남방에 유용키로 방첨사(防僉使)·병부사(兵府使)·군수·현감·관장님네 엄지발가락이 두 뼘 가웃씩 되는 양반 오입장이들도 무수히 보려 하되, 장강(莊姜)⁵⁾의 색과 임사(任姒)⁶⁾ 덕행이며 이두의 문필이며, 태사의 화순심과 이비(二妃)의 정절을 품었으니 금천하지절색(今天下之絶色)이요 만고여중군자(萬古女中君子)오니, 황공하온 말씀으로 초래하기 어렵내다."

도령 대소하고,

"방자야. 네가 물각유주(物各有主)⁷⁾를 모르는도다. 형산백옥(荊山伯玉)과 여수황금(麗水黃金)이 임자 각각 있나니라. 잔말 말고 불러오라."

방자 분부 듣고 춘향 초래 건너갈 때 맵시 있는 방자 녀석 서왕모(西王母) 요지연(瑤池宴) 편지 전턴 청조같이 이리저리 건너가서,

"여봐라, 이 애 춘향아."

부르는 소리에 춘향이 깜짝 놀라,

"무슨 소리를 그 따위로 질러 사람의 정신을 놀래느냐."

"이 애야, 말 마라, 일이 났다."

"일이라니 무슨 일."

---

4) 살결이 눈처럼 희고 고운 얼굴.
5) 춘추 시대 위장공의 부인.
6) 주나라 문왕의 어머니인 태임과 무왕의 어머니 태사. 모두 현모였음.
7) 모든 물건에는 각기 주인이 있음.

"사또 자제 도령님이 광한루에 오셨다가 너 노는 모양 보고 불러오란 영이 났다."

춘향이 화를 내어,

"네가 미친 자식일다. 도령님이 어찌 나를 알아서 부른단 말이냐. 이 자식 네가 내 말을 종지리새[1] 열씨[2] 까듯 하였나 보다."

"아니다. 내가 네 말을 할 리가 없으되, 네가 글치[3] 내가 글냐. 너 그른 내력을 들어보아라. 계집아이 행실로 추천을 하량이면 네 집 후원 단장[4] 안에 줄을 매고 남이 알까 모를까 은근히 매고 추천하는 게 도리에 당연함이라, 광한루 멀잖고 또한 이곳을 논지할진댄 녹음방초 승화시라, 방초는 푸렀난데 앞내 버들은 초록장 두르고 뒷내 버들은 유록장 둘러 한 가지 늘어지고 또 한 가지 펑퍼져 광풍에 겨워 흐늘흐늘 춤을 추는데, 광한루 구경처에 그네를 매고 네가 뛸 때 외씨 같은 두 발길로 백운간에 노닐 적에 홍상 자락이 펄펄 백방사 속곳 가래 동남풍에 펄렁펄렁, 박속 같은 네 살결이 백운간에 희뜩희뜩, 도령님이 보시고 너를 부르시지 내가 무슨 말을 한단 말가. 잔말 말고 건너가자."

춘향이 대답하되,

"네 말이 당연하나 오늘이 단오일이라, 비단 나뿐이랴. 다른 집 처자들도 예 와 함께 추천하였으되 그럴 뿐 아니라, 설혹 내

---

1) '종달새'의 사투리.
2) '삼씨'의 사투리.
3) '그르지', '옳지 못하지'의 호남 지방 사투리.
4) 낮고 작은 담장.

말을 할지라도 내가 지금 시사(時仕)⁵⁾가 아니어든 여염 사람을 호래척거(呼來斥去)⁶⁾로 부를 리도 없고, 부른대도 갈 리도 없다. 당초에 네가 말을 잘못 들은 배라."

방자 이면에 볶이어 광한루로 돌아와 도령님께 여쭈오니 도령님 그 말을 듣고,

"기특한 사람일다. 언즉시야(言則是也)⁷⁾로되, 다시 가말을 하되 이리이리 하여라."

방자 전갈 모아 춘향에게 건너가니 그 새에 제 집으로 돌아갔거늘, 저희 집을 찾아가니 모녀간 마주앉아 점심밥이 방장⁸⁾이라, 방자 들어가니,

"너 왜 또 오느냐."

"황송타. 도령님이 다시 전갈하시더라. 내가 너를 기생으로 앎이 아니라 들으니 네가 글을 잘한다기로 청하노라. 여가(閭家)에 있는 처자 불러보기 청문에 괴이하나 혐의로 알지 말고 잠깐 다녀가라 하시더라."

춘향의 도량한 뜻이 연분되려고 그러한지 홀연히 생각하니 갈 마음이 나되, 모친의 뜻을 몰라 침음양구(沈吟良久)⁹⁾에 말 않고 앉았더니, 춘향모 썩 나앉아 정신없게 말을 하되,

"꿈이라 하는 것이 전수(全數)이 허사가 아니로다. 간밤에 꿈을 꾸니 난데없는 청룡 하나 벽도지(碧桃池)에 잠겨 보이거늘 무슨 좋은 일이 있을까 하였더니 우연한 일 아니로다. 또한 들

---

5) 이속이나 또는 기생이 그 매인 관아에서 맡은 일을 치르는 일.
6) 사람을 오라고 불러놓고 다시 곧 쫓아 버리는 일.
7) 말은 옳다.
8) 이제 곧.
9) 입속으로 웅얼거려 깊이 생각한 지 오랜 후에.

으니 사또 자제 도령님 이름이 몽룡(夢龍)이라 하니 꿈 몽자 용 용자 신통하게 맞추었다. 그러나 저러나 양반이 부르시는데 아 니 갈 수 있겠느냐, 잠깐 가서 다녀오라."

춘향이가 그제야 못 이기는 체로 겨우 일어나 광한루 건너갈 때 대명전(大明殿) 대들보에 명매기[1] 걸음으로, 양지 마당에 씨 암탉 걸음으로, 백모래밭에 금자라 걸음으로 월태화용(月態花 容) 고운 태도 완보로 건너갈새, 흐늘흐늘 월(越) 서시(西施) 토 성습보(土城習步)[2]하던 걸음으로 흐늘 걸어 건너올 때, 도령님 난간에 절반만 비겨서서 완완히 바라보니 춘향이가 건너오는데 광한루에 가까운지라, 도령님 좋아라고 자세히 살펴보니 요요 정정(夭夭靜靜)[3]하여 월태화용이 세상에 무쌍이라 얼굴이 조촐 하니 청강에 노는 학이 설월(雪月)에 비침 같고 단순호치(丹脣 皓齒) 반개(半開)하니 별도 같고 옥도 같다. 연지(臙脂)를 품은 듯, 자하상(紫霞裳)[4] 고운 태도 어린 안개 석양에 비치운 듯, 취 군(翠裙)[5]이 영롱하여 문채는 은하수 물결 같다. 연보를 정히 옮겨 천연히 누에 올라 부끄러이 서 있거늘 통인 불러,

"앉으라고 일러라."

춘향이 고운 태도 염용(斂容)[6]하고 앉는 거동 자세히 살펴보 니 백석창파(白石滄波) 새 비 뒤에 목욕하고 앉은 제비 사람을

---

1) 칼새.
2) 월나라 임금 구천이 서시를 오나라 임금 부차에게 바칠 때 예의범절을 가르치면서 토성 에서 걸음걸이를 가르침.
3) 나이가 젊고 아름다우며 정숙하고 바름.
4) 자주색 비단 치마.
5) 푸른 치마.
6) 얼굴을 단정히 함.

보고 놀라는 듯, 별로 단장한 일 없이 천연한 국색이라. 옥안을 상대하니 여운간지명월(如雲間之明月)[7]이요, 단순을 반개하니 약수중지연화(若水中之蓮花)[8]로다. 신선을 내 몰라도 영주에 놀던 선녀 남원에 적거(謫居)하니 월궁에 뫼던 선녀 벗 하나를 잃었구나. 네 얼굴 네 태도는 세상 인물 아니로다.

이때 춘향이 추파를 잠깐 들어 이도령을 살펴보니 금세의 호걸이요, 진세간(塵世間) 귀남자라. 천장이 높았으니 소년 공명할 것이요, 오악(五嶽)이 조귀(朝歸)하니 보국충신 될 것이매, 마음에 흠모하여 아미를 숙이고 염슬단좌(歛膝端坐)[9]뿐이로다. 이도령 하는 말이,

"성현도 불취동성(不娶同姓)[10]이라 일렀으니 네 성은 무엇이며 나이는 몇 살이뇨."

"성은 성(成)가옵고 연세는 16세로소이다."

이도령 거동 보소.

"허허, 그 말 반갑도다. 네 연세 들어 하니 나와 동갑 이팔이라. 성자를 들어보니 천장일시 분명하다. 이성지합(二姓之合) 좋은 연분 평생 동락하여 보자. 네의 부모 구존하냐."

"편모하로소이다."

"몇 형제나 되느냐."

"60 당년 내의 모친 무남독녀 나 하나요."

"너도 남의 집 귀한 딸이로다. 천장하신 연분으로 우리 둘이

---

7) 구름 사이의 밝은 달빛과 같음.
8) 물 속에 핀 연꽃과 같음.
9) 무릎을 꿇고 단정하게 앉음.
10) 같은 본관의 성을 가진 사람은 혼인하지 않음.

만났으니 만년락을 이뤄 보자."

춘향이 거동 보소. 팔자(八字) 청산(靑山) 찡그리며 주순(朱脣)을 반개(半開)하여 가는 목 겨우 열어 옥성으로 여쭈오되,

"충신(忠臣)은 불사이군(不事二君)이요, 열녀불경이부절(烈女不更二夫節)[1]은 옛날에 일렀으니 도령님은 귀공자요 소녀는 천첩이라, 한번 탁정(托情)한 연후에 인하여 버리시면 일편단심 이내 마음 독수공방 홀로 누워 우는 한은 이내 신세 내 아니면 뉘가 길고[2] 그런 분부 마옵소서."

이도령 이른 말이,

"네 말을 들어보니 어이 아니 기특하랴. 우리 둘이 인연 맺을 적에 금석뇌약(金石牢約)[3] 맺으리라. 네 집이 어디메냐."

춘향이 여쭈오되,

"방자 불러 물으소서."

이도령 허허 웃고,

"내 너더러 묻는 일이 허황하다."

"방자야."

"예."

"춘향의 집을 네 일러라."

방자 손을 넌짓 들어 가리키는데,

"저기 저 건너, 동산은 울울하고 연당은 청청한데 양어생풍(養魚生風)[4]하고 그 가운데, 기화요초(琪花瑤草) 난만하여 나무

---

1) 충신은 두 임금을 섬기지 않고 정조가 곧은 여자는 두 남편을 섬기지 않음.
2) 그 사람일꼬.
3) 쇠붙이나 돌처럼 굳고 변함없는 굳은 약속.
4) 기르는 고기가 뛰놀고 있음.

나무 앉은 새는 호사(豪奢)를 자랑하고, 암상(巖上)의 굽은 솔은 청풍이 건 듯 부니 노룡(老龍)이 굼니[5]는 듯, 문 앞에 버들 유사무사(有絲無絲) 양류지(楊柳枝)요, 들축[6] 측백 전나무며, 그 가운데 행자목(杏子木)은 음양을 좇아 마주 서고, 초당 문전 오동·대추나무 깊은 산중 물푸레나무·포도·다래·으름 넌출 휘휘친친 감겨 단장 밖에 우뚝 솟았는데 송정죽림(松亭竹林) 두 사이로 은은히 보이는 게 춘향의 집입니다."

도령님 이른 말이,

"장원이 정결하고 송죽이 울밀하니 여자 절행 가지(可知)로다."

춘향이 일어나며 부끄러이 여쭈오되,

"시속인심 고약하니 그만 놀고 가겠내다."

도령님 그 말을 듣고,

"기특하다. 그럴듯한 일이로다. 오늘밤 퇴령[7] 후에 너의 집에 갈 것이니 괄시나 부디 마라."

춘향이 대답하되,

"나는 몰라요."

"네가 모르면 쓰겠느냐. 잘 가거라. 금야에 상봉하자."

누에 내려 건너가니 춘향모 마주나와,

"애고 내 딸 다녀오냐. 도령님이 무엇이라 하시더냐."

"무엇이라 하여요, 조금 앉았다가 가겠노라 일어나니 저녁에 우리 집 오시마 하옵데다."

---

5) 몸을 굽혔다 폈다 하는 모습.
6) '들쭉'의 사투리. 들쭉나무의 열매.
7) 지방 관아에서 이속 사령들에게 퇴청을 허락하던 명령.

"그래 어찌 대답하였느냐."

"모른다 하였지요."

"잘 하였다."

이때 도령님이 춘향을 아연히 보낸 후에 미망(未忘)[1]이 둘 데 없어 책실(冊室)로 돌아와 만사에 뜻이 없고 다만 생각이 춘향이라 말소리 귀에 쟁쟁, 고운 태도 눈에 삼삼, 해지기를 기다릴 새 방자 불러,

"해가 어느 때나 되었느냐."

"동에서 아구[2] 트나이다."

도령님 대노하여,

"이놈 괘씸한 놈 서(西)으로 지는 해가 동으로 도로 가랴. 다시금 살펴보라."

이윽고 방자 여쭈오되,

"일락함지(日落咸池)[3] 황혼되고 월출동령(月出東嶺)하옵내다."

석반(夕飯)이 맛이 없어 전전반측(輾轉反側)[4] 어이하리.

"퇴령을 기다리라."

하고 서책을 보려 할 때 책상을 앞에 놓고 서책을 상고하는데, 《중용(中庸)》·《논어(論語)》·《대학(大學)》·《맹자(孟子)》·《시전(詩傳)》·《서전(書傳)》·《주역(周易)》이며 《고문진보(古文眞寶)》·《통(通)》·《사략(史略)》과 《이백(李白)》·《두시(杜詩)》·

---

1) 잊을 수가 없음.
2) '아가리'〔입〕의 사투리.
3) 태양이 목욕을 한다는 하늘 위의 못.
4) 잠을 이루지 못하고 몸을 뒤척거리는 것.

《천자(千字)》까지 내어놓고 글을 읽을새,

"《시전》이라 관관저구(關關雎鳩)5) 재하지주(在河之洲)로다. 요조숙녀는 군자호구(君子好逑)6)로다. 아서라, 그 글도 못 읽겠다."

《대학》을 읽을새,

"대학지도는 재명명덕(在明明德)하며 재신민(在新民)하며 재춘향이로다. 그 글도 못 읽겠다."

《주역》을 읽는데,

"원(元)은 형(亨)코 정(貞)코 춘향이 코, 딱 댄 코, 좋고 하니라. 그 글도 못 읽겠다."

《등왕각(滕王閣)》이라,

"남창(南昌)은 고군(故郡)이요, 홍도(洪都)는 신부(新府)로다. 옳다. 그 글 되었다."

《맹자》 읽을새,

"맹자견양혜왕(孟子見梁惠王)하신대7) 왕왈, 수불원천리이래(叟不遠千里而來)8)하시니, 춘향이 보시러 오시니까."

《사략》을 읽는데,

"태고라 천황씨(天皇氏)는 이(以) 쑥덕(德)9)으로 왕하여 세기섭제(歲起攝提)하시니 무위이화(無爲而化)라 하여 형제 12이 각 1만 8천세하다."

방자 여쭈오되,

---

5) '관관'은 자웅(雌雄) 상응(相應)의 화성(和聲), '저구'는 물새(징경이).
6) 군자의 좋은 짝.
7) 맹자가 양혜왕을 뵈신대.
8) 천리의 길을 멀다 않고 찾아옴.
9) 목덕(木德)의 잘못. 목덕은 목(木)·토(土)·화(火)·금(金)·수(水)의 5덕의 하나.

"여보 도령님, 천황씨가 목덕으로 왕이란 말은 들었으되 쑥덕으로 왕이란 말은 금시초문이오."

"이 자식 네 모른다. 천황씨 1만 8천세를 살던 양반이라 이가 단단하여 목덕을 잘 자셨거니와, 시속 선비들은 목덕을 먹겠느냐. 공자님께옵서 후생을 생각하사 명륜당(明倫堂)에 현몽하고 시속 선비들은 이가 부족하여 목(木)떡을 못 먹기로 물신물신한 쑥덕으로 하라 하여, 360주(州) 향교에 통문하고 쑥떡으로 고쳤느니라."

방자 듣다가 말을 하되,

"여보 하느님이 들으시면 깜짝 놀라실 거짓말도 듣겠소."

또《적벽부(赤壁賦)》를 들여 놓고,

"임술지추(壬戌之秋) 칠월기망(七月旣望)에 소자(蘇子) 여객(與客)으로 범주유어적벽지하(泛舟游於赤壁之下)할새, 청풍은 서래하고 수파는 불흥이라, 아서라 그 글도 못 읽겠다."

《천자》를 읽을새,

"하늘 천, 따 지."

방자 듣고,

"여보 도령님, 점잖이 천자는 웬일이요."

"천자라 하는 글이 칠서(七書)[1] 본문이라 양(梁)나라 주싯변[2] 주흥사(周興嗣)가 하룻밤에 이 글을 짓고 머리가 희었기로 책이름을 백수문(白首文)[3]이라, 낱낱이 새겨 보면 뼈똥 쌀 일이 많

---

1) 사서삼경.《맹자》·《대학》·《중용》·《논어》·《시경》·《서경》·《역경》을 합해 칠서라고 함.
2) 주사봉(周捨奉)의 잘못. 양(梁)의 직명(職名).
3) 천자문. 주흥사가 하룻밤 사이에 만들고 머리털이 허옇게 세었다는 데서 온 말.

았지야."

"소인놈도 천자 속은 아옵니다."

"네가 알드란 말이냐."

"알기를 이르겠소."

"안다 하니 읽어 봐라."

"예, 들으시오. 높고 높은 하늘 천, 깊고 깊은 따 지, 헤헤친 친 가물 현, 불타젓다 누루 황."

"예 이놈, 상놈은 적실하다. 이놈 어디서 장타령 하는 놈의 말을 들었구나. 내 읽을 게 들어라. 천개자시생천(天開子時生天)하니 태극(太極)이 광대 하늘 천(天), 지벽축시(地闢丑詩)하니 오행(五行) 팔괘(八卦)로 따 지(地), 33천 공부공(空復空)[4]에 인심지시(人心指示) 가물 현(玄), 38숙(宿) 금목수화(金木水火) 토지정색(土之正色) 누를 황(黃), 우주일월(宇宙日月) 중화(重華)[5]하니 옥우(玉宇)[6] 쟁영(崢嶸)[7] 집 우(宇), 연대국도(年代國都) 흥성쇠(興盛衰) 왕고래금(往古來今)에 집 주(宙), 우치홍수(禹洪水)[8] 기자(箕子) 추(推)에 홍범구주(洪範九疇) 넓을 홍(洪), 삼황오제(三皇五帝) 붕(崩)하신 후 난신적자(亂臣賊子) 거칠 황(荒), 동방이 장차 계명키로 고고(杲杲) 천변일륜홍(天邊日輪紅) 번듯 솟아날 일(日), 억조창생 격양가에 강구연월(康衢煙月)에 달 월(月), 한심(寒心) 미월(微月)[9] 시시 불어 삼오일야(三五日

---

4) 불가에서 쓰는 말로, 비고 또 비었다는 말.

5) 거듭 빛남.

6) 천제(天帝)가 거처하는 곳.

7) 높고 험한 것.

8) 처음 요순을 섬기다가 우(禹)가 9년 동안 홍수를 잘 다스린 공로로 순임금을 계승했음.

9) 초생달. 삼일월(三一月).

36

夜)[1]에 찰 영(盈), 세상만사 생각하니 달빛과 같은지라 삼오야 밝은 달이 기망(旣望)부터 기울 책(昃), 38수 하도낙서(河圖洛書) 벌인 법(法), 일월성신 별 진(辰), 가련금야숙창가(可憐今夜宿娼家)라 원앙금침에 잘 숙(宿), 절대가인 좋은 풍류 나열춘추(羅列春秋)에 벌일 열(列), 의의월색(依依月色)[2] 야삼경의 만단정회 베풀 장(張), 금일 한풍 소소래(來)하니 침실에 들거라 찰 한(寒), 베개가 높거든 내 팔을 베어라 이만만큼 오너라 올 래(來), 에후리쳐[3] 질끈 안고 임각(脚)[4]에 드니 설한풍에도 더울 서(署), 침실이 덥거든 음풍을 취하여 이리저리 갈 왕(往), 불한불열(不寒不熱) 어느 때냐 엽락오동(葉落梧桐)에 가을 추(秋), 백발이 장차 우거지니 소년풍도를 거둘 수(收), 낙목한풍(落木寒風) 찬바람 백설강산에 겨울 동(冬), 오매불망 우리 사랑 규중심처에 감출 장(藏), 부용(芙蓉)이 작야 세우중(細雨中)에 광윤유태(光潤有態) 불을 윤(潤), 이러한 고운 태도 평생을 보고도 남을 여(餘), 백년가약 깊은 맹세 만경창파 이룰 성(成), 이리저리 노닐 적에 부지세월 햇세(歲), 조강지처 불하당(不下堂) 아내 박대 못 하느니 대전통편(大典通編) 법 률(律), 군자 호구 이 아니냐. 춘향 입 내 입을 한테다 대고 쪽쪽 빠니 범중 여자(呂字) 이 아니냐. 애고애고 보고지고."

소리를 크게 질러놓니 이때 사또 저녁 진지를 잡수시고 식곤증(食困症)이 나 계옵셔, 평상에 취침하시다,

---

1) 보름달. 15월.
2) 어렴풋한 달빛.
3) 에이 휩쓸어.
4) 임의 다리.

"애고 보고지고."

소리에 깜짝 놀래어,

"이로너라."

"예."

"책방에서 누가 생침을 맞느냐, 신다리를 주물렀냐. 알아들
여라."

통인 들어가,

"도련님 웬 목통이요, 고함 소리에 사또 놀래시사 염문⁵⁾하라
하옵시니 어찌 아뢰리까."

"딱한 일이로다. 남의 집 늙은이는 이롱증(耳聾症)⁶⁾도 있나니
라마는 귀 너무 밝은 것도 예상 일 아니로다."

그러하다 하지마는 그럴리가 왜 있을꼬. 도령님 대경하여,

"이대로 여쭈어라. 내가 《논어》라 하는 글을 보다가 차호(嗟
乎)라 오로의구의(吾老矣久矣)라 몽불견주공(夢不見周公)⁷⁾이란
대문을 보다가 나도 주공을 보면 그리하여 볼까 하여 홍치로 소
리가 높았으니 그대로만 여쭈어라."

통인이 들어가 그대로 여쭈오니 사또 도령님 승벽(勝癖) 있음
을 크게 기꺼하여,

"이리 오너라. 책방에 가 목랑청(睦郎廳)⁸⁾을 가만히 오래시
라."

낭청이 들어오는데 이 양반이 어찌 고리게 생겼던지만지 거

---

5) 남모르게 사정을 물어 봄.
6) 소리를 듣지 못하는 병.
7) 아아 슬프다. 내 늙어서 오랫동안 주공을 보지 못했도다.
8) 성이 목씨인 낭청. 여기서는 주관이 없어 상관의 지시대로 한다는 비유.

름 속까지 근심이 담쑥 들었던 것이었다.

"사또 그새 심심하지요."

"아 게 앉소. 할말 있네, 우리 피차 고우로서 동문 수업하였
건과 아시에 글 읽기같이 싫은 것이 없건마는, 우리 아(兒) 시
홍 보니 어이 아니 즐걸손가."

이 양반은 지여부지간(知與不知間)[1]에 대답하것다.

"아이 때 글 읽기같이 싫은 게 어디 있으리요."

"읽기가 싫으면 잠도 오고 꾀가 무수하제, 이 아이는 글 읽기
를 시작하면 읽고 쓰고 불철주야하제."

"예, 그럽디다."

"배운 바 없어도 필재 절등(絶等)[2]하제."

"그렇지요. 점 하나만 툭 찍어도 고봉추석(高峯墜石) 같고, 한
일(一)을 그어놓으면 천리진운(千里陣雲)이요, 갓머리는 작규첨
(雀窺添)[3]이요. 필법 논지하면 풍랑뇌전(風浪雷電)이요, 내리그
어 채는 획은 노송도괘절벽(老松倒掛絶壁)이라. 창 과(戈)로 이
를진댄 마른 등(藤) 넌출같이 뻗어갔다 도로 채는 데는 성낸 쇠
뇌 끝 같고, 기운이 부족하면 발길로 툭 차 올려도 획은 획대로
되느니."

"글씨를 가만히 보면 획은 획대로 되옵디다."

"글쎄 듣게, 저 아이 아홉 살 먹었을 때, 서울 집 뜰에 늙은
매화 있는고로 매화 나무를 두고 글을 지으라 하였더니, 잠시
지었으되 정성들인 것과 용사비등(龍蛇比等)하니 일람첩기(一覽

---

1) 알거나 모르거나 간에.
2) 투철하게 뛰어남.
3) 새가 처마에서 엿봄.

輶記)⁴⁾라 묘당⁵⁾에 당당한 명사될 것이니 남면이북고(南眄而北顧)⁶⁾하고 부춘추어일수(賦春秋於一首)⁷⁾하였네."

"장래 정승 하오리다."

사또 너무 감격하여라고,

"정승이야 어찌 바라겠냐마는 내 생전에 급제는 쉬하리마는 급제만 쉽게 하면 출륙(出六)⁸⁾이야 범연히 지내겠다."

"아니요, 그리 할 말씀이 아니라 정승을 못 하오면 장승⁹⁾이라도 되지요."

사또가 호령하되,

"자네 뉘 말로 알고 대답을 그리 하나."

"대답은 하였사오나 뉘 말인지 몰라요."

그런다고 하였으되 그게 또 다 거짓말이었다.

이때 이도령은 퇴령 놓기를 기다릴 때,

"방자야."

"네."

"퇴령 놓았나 보아라."

"아직 아니 놓았소."

조금 있더니,

"하인 물리라."

퇴령 소리 길게 나니,

---

4) 한 번만 보면 기억함.
5) 나라의 정치를 다스리는 조정.
6) 눈을 남으로 곁눈질하며 북으로 돌아봄.
7) 춘추의 일수를 부하도다.
8) 육품 벼슬에 오름.
9) 이수(里數)를 표시하고 위쪽에 사람의 얼굴을 새겨 십 리나 오 리마다 세운 표말.

"좋다 좋다 옳다 옳다 방자야 등롱(燈籠)에 불 밝혀라."

통인 하나 뒤를 따라 춘향의 집 건너갈 때 자취 없이 가만가
만 걸으면서,

"방자야, 상방[1]에 비친다. 등롱을 옆에 져라."

삼문 밖 썩 나서서 협로지간(狹路之間)에 월색이 영롱하고 화
간(花間) 푸른 버들 몇 번이나 꺾었으며, 투계소년(鬪鷄少年)[2]
아이들은 야입청루(夜入靑樓)하였으니 지체 말고 어서 가자. 그
렁저렁 당도하니 가련금야요적(可憐今夜寥寂)한데 가기물색(佳
期物色)이 아니냐. 가소롭다. 어주자(漁舟子)[3]는 도원(桃源) 길
을 모르던가. 춘향 문전 당도하니 인적 야심한데 월색(月色)은
삼경이라 어약(魚躍)[4]은 출몰하고 대접 같은 금붕어는 임을 보
고 반기는 듯 월하(月下)의 두루미는 흥에 겨워 짝 부른다. 이때
춘향이 칠현금 비끼 안고 남풍시(南風詩)를 희롱타가 침석(寢席)
에 조을더니, 방자 안으로 들어가되 개가 짖을까 염려하여 자취
없이 가만가만 춘향방 영창 밑에 가만히 살짝 들어가서,

"이 애 춘향아 잠들었느냐."

춘향이 잠깐 놀래어,

"네 어찌 오냐."

"도령님이 와 계시다."

춘향이가 이 말을 듣고 가슴이 월렁월렁 속이 답답하여 부끄
럼을 못 이기어 문을 열고 나오더니 건넌방 건너가서 저의 모친

---

1) 관아의 우두머리가 있는 방.
2) 닭을 싸움 붙이는 소년들.
3) '어주사(漁舟師)'의 잘못인 듯, 어부.
4) 물고기가 뛰는 것.

깨우는데,

"애고 어머니 무슨 잠을 이다지 깊이 주무시오."

춘향의 모 잠을 깨어,

"아가 무엇을 달라고 부르느냐."

"누가 무엇을 달래었소."

"그러면 어찌 불렀느냐."

엉겁결에 하는 말이,

"도령님이 방자 모시고 오셨다오."

춘향의 모 문을 열고 방자 불러 묻는 말이,

"누가 와야."

방자 대답하되,

"사또 자제 도령님이 와 계시오."

춘향 어미 그 말 듣고,

"향단아."

"예."

"뒤 초당에 좌석 등촉 신식(申飾)⁵⁾하여 포진⁶⁾하라."

당부하고 춘향 모가 나오는데 세상 사람이 다 춘향모를 일컫더니 과연이로다.

자고로 사람이 외탁(外託)을 많이 하는고로 춘향 같은 딸을 낳았구나. 춘향 모 나오는데 거동을 살펴보니 반백(斑白)이 넘었는데 소탈한 모양이며 단정한 거동이 표표정정(表表亭亭)⁷⁾하

---

5) 단단히 타일러서 경계함.
6) 어느 잔치 같은 때에 앉을 자리를 마련해서 까는 것.
7) '표표'는 이상하게도 뚝 두드러져 눈에 띄는 모양, 곧 훨씬 뛰어나게 나타나는 모양. '정정'은 나무 같은 것이 우뚝하게 높이 솟은 모양.

고 기부(肌膚)가 풍영하여 복이 많은지라 숫시럽고 점잔하게 발
막[1]을 끌어 나오는데 가만가만 방자 뒤를 따라 나온다.

이때 도령님이 배회고면[2]하여 무료히 서 있는데 방자 나와
여쭈오되,

"저기 오는 게 춘향의 모로소이다."

춘향의 모가 나오더니 공수(拱手)[3]하고 우뚝 서며,

"그 사이 도령님 문안이 어떠하오."

도령님 반만 웃고,

"춘향의 모이라제, 평안한가."

"예, 겨우 지내옵내다. 오실 줄 진정 몰라 영접이 불민하오이
다."

"그럴 리가 있나."

춘향 모 앞을 서서 인도하여 대문 중문 다 지내어 후원을 돌
아가니 연구(年久)한 별초당(別草堂)에 등롱(燈籠)을 밝혔는데
버들가지 늘어져 불빛을 가린 모양 구슬발이 갈공이[4]에 걸린
듯하고 우편에 벽오동은 밝은 이슬이 뚝뚝 떨어져 학(鶴)의 꿈
을 놀래는 듯 좌편에 섰는 반송(盤松) 청풍(淸風)이 건듯 불면
노룡(老龍)이 굼니는 듯, 창전(窓前)에 심은 파초(芭蕉) 일난초
(日暖初) 봉미장(鳳尾長)[5]은 속잎이 빼어나고 수심여주(水心驪
珠) 어린 연꽃 물 밖에 겨우 떠서 옥로(玉露)를 받쳐 있고 대접
같은 금붕어는 어변성룡(魚變成龍)하려 하고 때때마다 물결쳐

---

1) 발막신의 준말. 마른 신의 한 가지.
2) 목적 없이 거닐면서 좌우를 돌아보는 것.
3) 공경하는 예를 갖추기 위해 오른손을 밑에, 왼손을 위에 두 손을 마주 잡음.
4) 갈고랑이의 사투리.
5) 봉황의 꼬리처럼 긺.

서 출렁툼벙 굼실 놀 때마다 조롱하고 새로 나는 연잎은 받을 듯이 벌어지고, 급연삼봉(岌然三峰)6) 석가산(石假山)은 층층이 쌓였는데 계하(階下)에 학(鶴) 두루미 사람을 보고 놀래어 두 죽지를 떡 벌리고 긴 다리로 징검징검 낄룩 뚜룩룩 소리하며, 계화(桂花) 밑에 삽살개 짖는구나.

그중에 반가울사 못 가운데 쌍 오리는 손님 오시노라 둥덩실 떠서 기다리는 모양이요, 처마에 다다르니 그제야 저의 모친 영(슈)을 디디어 서7) 사창(紗窓)을 반개하고 나오는데, 모양을 살펴보니 뚜렷한 일륜명월(一輪明月) 구름 밖에 솟아난 듯, 황홀한 저 모양은 측량키 어렵도다. 부끄러이 당(堂)에 내려 천연(天然)히 섰는 거동은 사람의 간장을 다 녹인다.

도령님 반만 웃고 춘향더러 묻는 말이,

"곤(困)치 아니하며, 밥이나 잘 먹었느냐."

춘향이 부끄러워 대답하지 못하고 묵묵히 서 있거늘, 춘향이 모가 먼저 당(堂)에 올라 도령님을 자리로 모신 후에 차를 들어 권하고 담배 붙여 올리오니 도량님이 받아 물고 앉았을 때, 도령님 춘향의 집 오실 때는 춘향에게 뜻이 있어 와 계시지 춘향의 세간 기물(器物) 구경온 바 아니로되 도령님 첫 외입(外入)이라 밖에서는 무슨 말이 있을 듯하더니 들어가 앉고 보니 별로이 할말이 없고, 공연히 천촉기(喘促氣)8)가 있어 오한증(惡寒症)9)이 들면서 아무리 생각하되 별로 할말이 없는지라, 방중을

---

6) 하늘 높이 솟아 있는 세 봉우리.
7) '밟는다' 는 뜻이지만 여기서는 '받들어서' 라는 의미.
8) 숨이 차서 가쁘고 힘이 없는 기침을 자주 하는 증세.
9) 몸에 오한이 오는 증세.

둘러보며 벽상(壁上)을 살펴보니 여간 기물 놓였는데 용장(龍
欌) 봉장(鳳欌)[1] 객개수리[2] 이렁저렁 벌였는데 무슨 그림장도
붙여 있고, 그림을 그려 붙였으되 서방 없는 춘향이요 학(學)
하는[3] 계집아이가 세간 기물과 그림이 왜 있을꼬마는 춘향 어
미가 유명한 명기(名妓)라 그 딸을 주려고 장만한 것이었다.

　조선의 유명한 글씨 붙여 있고 그 사이에 붙인 명화(名畵) 다
후리쳐 던져 두고 월선도(月仙圖)란 그림 붙였으되, 월선도 제
목이 이렇던 것이었다.

　상제고거강절조(上帝高居絳節朝)[4]에 군신조회(君臣朝會) 받던
그림 청련거사(靑蓮居士)[5] 이태백(李太白)이 황학전(黃鶴殿) 꿇
어 앉아 황전경(黃庭經)[6] 읽던 그림, 백옥루(白玉樓)[7] 지은 후에
자기 불러 올려 상량문(上梁文) 짓던 그림, 7월 7석 오작교에 견
우(牽牛) 직녀(織女) 만나는 그림, 광한전 월명야(月明夜)에 도
약(搗藥)하던 항아(姮娥) 그림, 층층이 붙였으되 광채가 찬란하
여 정신이 산란한지라, 또 한곳 바라보니 부춘산(富春山) 엄자
릉(嚴子陵)은 간의대부(諫議大夫)[8] 마다하고 백구(白鷗)로 벗을
삼고 원학(猿鶴)으로 이웃 삼아 양구(羊裘)[9]를 떨쳐 입고 추동
강(秋桐江) 칠리탄(七里灘)에 낚시줄 던진 경(景)을 역력히 그려

---

1) 용과 봉을 조각한 의장.
2) '가계수리'의 사투리. 즉 서랍이 많이 달린 궤.
3) 학문을 하는.
4) 상제가 높이 앉아 강절 있는 곳에서 조회를 받도.
5) 당나라 시인 이백의 호.
6) 도가에서 쓰는 경문(經文)의 이름. 네 종류가 있음.
7) 천상 세계에 있다는 궁전. 혹은 문인이 사후에 간다는 천상의 누각.
8) 중국의 관명(官名). 천자(天子)를 간(諫)하고 정치의 득실(得失)을 논하는 관원.
9) 양가죽으로 만든 옷.

있다. 방가위지선경(方可謂之仙景)이라 군자호구(君子好逑) 놀 데로다. 춘향이 일편단심 일부종사하려 하고 글 한 수를 지어 책상 위에 붙였으되,

대운춘풍죽(帶韻春風竹)이요,
분향야독서(焚香夜讀書)라[10].

"기특하다, 이 글 뜻은 목란의 절개로다."
이렇듯 치하할 때 춘향 어미 여쭈오되,
"귀중하신 도령님이 누지[11]에 욕림[12]하시니 황공감격하옵내다."
도령님 그 말 한마디에 말 궁기가 열리었제,
"그럴 리가 있는가. 우연히 광한루에서 춘향을 잠깐 보고 연연히 보내기로 탐화봉접(探花蜂蝶)[13] 취한 마음 오늘 밤에 오는 뜻은 춘향 어미 보러 왔거니와 자네 딸 춘향과 백년언약을 맺고자 하니 자네의 마음이 어떠한가."
춘향 어미 여쭈오되,
"말씀은 황공하오나 들어 보오. 자하(紫霞) 골 성참판 영감이 보후(補後)[14]로 남원에 좌정하였을 때 소리개를 매로 보고 수청을 들라 하옵기로 관장의 영을 못 어기어 모신 지 삼삭(三朔)

---

10) 운치를 띤 춘풍의 대나무요, 향을 태우고 밤에 글을 읽도다.
11) 자기가 사는 곳을 겸손하게 일컫는 말. 누추한 곳.
12) 욕되게 오셨다는 뜻으로, 남이 찾아온 것을 높여 일컫는 말.
13) 꽃을 찾는 벌 나비.
14) 내직에 들어가기 전에 임시로 외관에 보임하는 일.

46

만에 올라가신 후로 뜻밖에 포태하여 낳은 게 저것이라. 그 연유로 고목(告目)¹⁾하니 젖줄 떨어지면 데려가련다 하시더니 그 양반이 불행하여 세상을 버리시니 보내들 못 하옵고 저것을 길러 낼 때 어려서 잔병조차 그리 많고 7세에 소학 읽혀, 수신제가(修身齊家) 화순심(和順心)을 낱낱이 가르치니 씨가 있는 자식이라 만사를 달통이요 삼강행실을 뉘라서 내 딸이라 하리요. 가세가 부족하니 재상가 부당이요 사서인(士庶人)²⁾ 상하불급 혼인이 늦어가매 주야로 걱정이나 도령님 말씀은 잠시 춘향과 백년기약한단 말씀이오니, 그런 말씀 말으시고 놀으시다 가옵소서."

이 말이 참말이 아니라 이도령님 춘향을 얻는다 하니 내두사(來頭事)³⁾를 몰라 뒤를 눌러 하는 말이었다. 이도령 기가 막혀,

"호사(好事)에 다마(多魔)로세, 춘향도 미혼전이요, 나도 미장전(未丈前)이라, 피차 언약이 이러하고 육례는 못할망정 양반의 자식이 일구이언을 할 리 있나."

춘향 어미 이 말을 듣고,

"또 내 말 들으시오, 고서에 하였으되, '지신(知臣)은 막여주(莫如主)요, 지자(知子)는 막여부(莫如父)라'⁴⁾하니, 지녀(知女)는 모(母) 아닌가 내 딸 심곡⁵⁾ 내가 알제. 어려서부터 결곡⁶⁾한 뜻이 있어 행여 신세를 그르칠까 의심이요, 일부종사하려 하고

---

1) 옛날에 비천한 사람이 양반에게 하던 편지.
2) 사족(士族)과 서인(庶人).
3) 앞으로 닥쳐오는 일.
4) 신하를 잘 아는 것은 임금이고, 자식을 잘 아는 것은 아버지라.
5) 간절하고 애틋한 마음.
6) 마음이 깨끗하고 곧은 것.

사사이 하는 행실 철석같이 굳은 뜻이 청송(靑松), 녹죽(綠竹),
전나무 사시절을 다투는 듯, 상전벽해 될지라도 내 딸 마음 변
할손가. 금은(金銀) 오촉지백(吳蜀之帛)⁷⁾이 적여구산(積如丘
山)⁸⁾이라도 받지 아니할 터이요, 백옥 같은 내 딸 마음 청풍인
들 미치리요. 다만 고의(古義)를 효측(效則)⁹⁾코자 할 뿐이온데,
도령님은 욕심부려 인연을 맺었다가 미장전(未丈前) 도령님이
부모 몰래 깊은 사랑 금석같이 맺었다가 소문 어려 버리시면 옥
결 같은 내 딸 신세 문채(文采) 좋은 대모(玳瑁)¹⁰⁾ 진주, 고운
구슬 구녁노리¹¹⁾ 깨어진 듯, 청강에 놀던 원앙조가 짝 하나를
잃었은들 어이 내 딸 같을손가. 도령님 내정이 말과 같을진대
심량(深諒)하여 행하소서."

　도령님 더욱 답답하여,

　"그는 두 번 염려하려 마소. 내 마음 헤아리니 특별 간절 굳
은 마음 흉중에 가득하니 분의는 다를망정 제와 평생 기약 맺을
때 전안(奠雁) 납폐(納幣) 아니한들 창파같이 깊은 마음 춘향
사정 모를손가."

　이렇듯이 이같이 설화하니 청실홍실 육례 갖춰 만난대도 이
위에 뾰족할까.

　"내 저를 초취(初娶)같이 여길 터니 시하(侍下)라고 염려 말
고 미장전도 염려 마소. 대장부 먹은 마음 박대 행실 있을손가.
허락만 하여 주소."

---

7) 오나라와 촉나라의 금과 비단.
8) 언덕이나 산처럼 많이 쌓여 있음.
9) 옛날의 도의(道義)를 본받고자 함.
10) 별갑.
11) 구멍이 뚫린 노리개.

춘향 어미 이 말 듣고 이윽히 앉았더니 몽조가 있는지라 연분인 줄 짐작하고 은연히 허락하며,

"봉(鳳)이 나매 황(凰)이 나고, 장군 나매 용마 보고, 남원의 춘향이 나매 이화춘풍 꽃다웁다. 향단아 주반(酒盤) 등대하였느냐."

"예."

대답하고 주효를 차릴 적에 안주 등물 볼작시면 괴임새도 정결하고 대양판(大胖板) 가리찜, 소양판 제육찜, 풀풀 뛰는 숭어찜, 포도동 나는 메추리탕에 동래(東萊) · 울산(蔚山) 대전복 대모 장도 드는 칼로 맹상군(孟嘗君)[1]의 눈썹 체로 어슥비슥 오려 놓고, 염통산적 · 양복기와 춘치자명(春雉自鳴)[2] 생치(生雉)다리 · 적벽(赤壁) 대접 분원기(分院器)에 냉면조차 비벼 놓고 생률(生栗) · 숙률(熟栗) · 잣송이며 호도 · 대추 · 속류 · 유자 · 준시(樽柿) · 앵도 · 탕기(湯器) 같은 청실리(靑實梨)를 칫수 있게 괴었는데, 술병 치레 볼작시면 티끌 없는 백옥병과 벽해수상 산호병과 엽락금정(葉落金井) 오동병과 목 긴 황새병 · 자라병 · 당화병 · 쇄금병 · 소상동정(瀟湘洞庭) 죽절병, 그 가운데 천은(天銀) 알안자 · 적동자 · 쇄금자를 차례로 놓았는데 구비함도 갖을시고, 술이름을 이를진대 이적선(李謫仙)[3] 포도주와 안기생(安期生) 자하주(紫霞酒)와 산림처사(山林處士) 송엽주 · 과하주 · 방문주 · 천일주 · 백일주 · 금로주(金露酒) · 팔팔 뛰는 화주

---

1) 전국 시대 제나라 사람. 전문의 호. 제나라 재상이 되어 맹상군이라 칭함.
2) 봄철의 꿩이 스스로 운다는 뜻으로, 남이 시키거나 요구하지 않아도 스스로 말하는 것을 비유하는 말.
3) 이백.

(火酒)·약주 그 가운데 향기로운 연엽주(蓮葉酒) 골라내어 알
안자 가득 부어 청동화로 백탄불에 남비 냉수 끓는 가운데 알안
자 둘러 불한 불열 데워 내어, 금산·옥잔·앵무배를 그 가운데
에웠으니 옥경, 연화 피는 꽃이 태을(太乙)⁴⁾선녀 연엽선 뛰듯
대광보국(大匡輔國) 영의정⁵⁾ 파초선(芭蕉扇) 뛰듯, 둥덩실 띄워
놓고, 권주가(勸酒歌) 한 곡조에 일배일배 부일배라. 이도령 이
른 말이,

"금야에 하는 절차 보니 관청이 아니거든 어이 그리 구비한
가."

춘향모 여쭈오되,

"내 딸 춘향 곱게 길러 요조숙녀 군자호구 가리어서 금슬우
지(琴瑟友之)⁶⁾ 평생 동락하올 적에 사랑에 노는 손님 영웅호걸
문장들과 죽마고우 벗님네 주야로 즐기실 때 내당의 하인 불러
밥상 술상 재촉할 때 보고 배우지 못하고는 어이 곧 등대하리.
내자가 불민하면 가장(家長) 낯을 깎임이라, 내 생전 힘써 가르
쳐 아무쪼록 본받아 행하라고 돈 생기면 사 모아서 손으로 만들
어서 눈에 익고 손에도 익히려고, 일시 반 때 놓지 않고 시킨
바라, 부족타 마시고 구미대로 잡수시오."

앵무배 술 가득 부어 도령님께 드리오니 도령 잔 받아 손에
들고 탄식하여 하는 말이,

"내 마음대로 할진대는 육례를 행할 터나 그렇들 못 하고 개
구멍 서방으로 들고 보니 이 아니 원통하랴. 이 애 춘향아, 그

4) 북진(北辰)의 신명(神名).
5) 대광보국숭록대부. 조선 시대 관계(官階)의 최고관.
6) 금슬로써 벗 삼도다.

러나 우리 둘이 이 술을 대례 술로 알고 먹자."

일배주 부어 들고,

"네 내 말 들어서라. 첫째 잔은 인사주요, 둘째 잔은 합환주(合歡酒)[1]라. 이 술이 다른 술 아니라 근원 근본 삼으리라. 대순(大舜)의 아황(娥皇) 여영(女英) 귀히귀히 만난 연분 지중타 하였으되 월로(月老)[2]의 우리 연분, 삼생(三生)[3] 가약 맺은 연분, 천만년이라도 변치 아니할 연분, 대대로 삼태(三台)[4] 육경(六卿) 자손이 많이 번성하여 자손·증손·고손이며 무릎 위에 앉혀 놓고 죄암죄암 달강달강 백세상수하다가서 한 날 한시 마주 누워 선후 없이 죽게 되면 천하에 제일가는 연분이지."

술잔 들어 잡순 후에,

"향단아, 술 부어 너의 마누라께 드려라."

"장모, 경사 술이니 한 잔 먹소."

춘향 어미 술잔 들고 일희일비하는 말이,

"오늘 여식의 백년지고락을 맡기는 날이라, 무슨 슬픔 있으리까마는, 저것을 길러 낼 때 아비 없이 설이 길러 이때를 당하오니 영감 생각이 간절하여 비창하여이다."

도령님 이른 말이,

"이왕지사 생각 말고 술이나 먹소."

춘향모 수삼배 먹은 후에 도령님 통인 불러 상 물려 주면서,

"너도 먹고 방자도 먹여라."

---

1) 혼례 때에 신랑·신부가 서로 바꿔 마시는 술.
2) 월하노인(月下老人)의 준말. 매개인으로 부부의 인연을 맺어 준다는 전설의 노인.
3) 전생과 현생과 후생.
4) 삼태성(三台星) 혹은 삼공(三公).

　통인·방자 상 물려 먹은 후에 대문·중문 다 닫치고 춘향 어미 향단이 불러 자리 포진(鋪陳)시킬 때, 원앙금침 잣베개[5]와 새별 같은 요강, 대양자리[6] 포진을 정히 하고,

"도령님 평안히 쉬옵소서."

"향단아, 나오너라. 나하고 함께 자자."

둘이 다 건너갔구나.

　춘향과 도령님과 마주 앉아 놓았으니 그 일이 어찌 되겠느냐. 사양(斜陽)을 받으면서 삼각산 제일봉 봉학 앉아 춤추는 듯 두 활개를 에구부시[7] 들고 춘향의 섬섬옥수 받으듯이 검쳐잡고 의복을 공교하게 벗기는새 두 손길 썩 놓더니 춘향 가는 허리 담쑥 안고,

"나상(羅裳)을 벗어라."

　춘향이가 처음 일일 뿐 아니라 부끄러워 고개를 숙여 몸을 틀 때, 이리 곰실 저리 곰실 녹수(綠水)에 홍련화(紅蓮花) 미풍 만나 굼니는 듯, 도령님 치마 벗겨 제쳐놓고 바지 속옷 벗길 적에 무한히 힐난(詰難)된다. 이리 굼실 저리 굼실 동해 청룡이 굽이를 치는 듯,

"아이고 놓아요, 좀 놓아요."

"에라 안 될 말이로다."

　힐난중 옷끈 발가락에 딱 걸고서 끼어안고 진드시 누르며 기지개 쓰니 발길 아래 떨어진다. 옷이 활짝 벗겨지니 형산(荊山)의 백옥덩이 이 위에 비할소냐. 옷이 활짝 벗겨지니 도령님 거

---

5) 개 모서리를 잣나무 열매 모양으로 장식함.
6) '대야'의 사투리.
7) '애굽다'로, 조금 휘우듬하게 굽었다라는 뜻.

동을 보려 하고 슬그미 놓으면서,

"아차차, 손 빠졌다."

춘향이가 침금 속으로 달려든다. 도령님 왈칵 좇아 드러누워 저고리를 벗겨 내어 도령님 옷과 모두 한데다 둘둘 뭉쳐 한편 구석에 던져두고 둘이 안고 마주 누웠으니 그대로 잘 리가 있나. 골즙(骨汁)[1] 낼 때 삼승(三升) 이불 춤을 추고, 샛별 요강은 장단을 맞추어 청그렁 쟁쟁, 문고리는 달랑달랑 등잔불은 가물가물 맛이 있게 잘 자고 났구나. 그 가운데 진진한 일이야 오죽하랴. 하루 이틀 지나가니 어린 것들이라 신맛이 간간 새로워 부끄럼은 차차 멀어지고, 그제는 기롱도 하고 우스운 말도 있어 자연 사랑가가 되었구나. 사랑으로 노는데 똑 이 모양으로 놀던 것이었다.

사랑 사랑 내 사랑이야.

동절칠백(洞庭七百) 월하초에 무산(巫山)같이 높은 사랑,

목단(目斷)[2] 무변수(無邊水)에 여천창해(如天滄海)같이 깊은 사랑,

옥산전(玉山顚)[3] 달 밝은데 추산천봉(秋山千逢) 완월(翫月)[4] 사랑,

증경학무(曾經學舞)하올 적 차문취소(借問吹簫)하던 사랑,

유유낙일(悠悠落日) 월렴간(月簾間)에 도리화개(桃李花開) 비

---

1) 뼈에서 즙을 냄.
2) 시력이 미치지 못하는.
3) 산 이름으로 옥산두(玉山頭).
4) 달을 구경함.

친 사랑,

섬섬초월(纖纖初月) 분백(粉白)한데 함교함태(含嬌含態)⁵⁾ 숱
한 사랑,

월하에 삼생연분 너와 나와 만난 사랑,

허물 없는 부부 사랑,

화우동산(花雨東山) 모란화같이 펑퍼지고 고운 사랑,

연평바다 그물같이 얽히고 맺힌 사랑,

은하 직녀 직금같이 올올이 이은 사랑,

청루미녀(靑樓美女) 침금같이 혼솔마다 감친 사랑,

시냇가 수양같이 청 처지고 늘어진 사랑,

남창북창(南倉北倉) 노적(露積)같이 다물다물 쌓인 사랑,

은장(銀欌) 옥장(玉欌)⁶⁾ 장식같이 모모이 잠긴 사랑,

연산홍록(映山紅綠)⁷⁾ 봄바람에 넘노나니 황복백접(黃蜂白蝶)
꽃을 물고 즐긴 사랑,

녹수청강 원앙조격으로 마주 둥실 떠 노는 사랑,

연년 7월 7석야의 견우 직녀 만난 사랑,

육관대사(六觀大師)⁸⁾ 성진(性眞)⁹⁾이가 팔선녀와 노는 사랑,

역발산(力拔山) 초패왕(楚覇王)이 우미인(虞美人)을 만난 사
랑,

당나라 당명황(唐明皇)이 양귀비 만난 사랑,

명사십리(明沙十里) 해당화같이 연연(娟娟)히 고운 사랑,

---

5) 미인의 자태.
6) 은 또는 옥으로 장식한 의장.
7) 영산백의 한 품종.
8) 김만중의 소설 《구운몽》에 나오는 노승.
9) 《구운몽》에 나오는 선계의 남자 주인공.

54

네가 모두 사랑이로구나.
와화 둥둥 내 사랑아,
어화 내 간간 내 사랑이로구나.

여봐라, 춘향아.
저리 가거라, 가는 태도를 보자.
이만큼 오너라, 오는 태도를 보자.
빵긋 웃고 아장아장 걸어라, 걷는 태도 보자.
너와 나와 만난 사랑,
연분을 팔자 한들 팔 곳이 어디 있어
생전 사랑 이러하고
어찌 사후(死後) 기약 없을소냐.

너는 죽어 될 것 있다.
너는 죽어 글자 되되 따 지(地) 자, 그늘 음(陰) 자, 아내 처
    (妻) 자, 계집 녀(女) 자 변(邊)이 되고,
나는 죽어 글자 되되,
하늘 천(天) 자, 하늘 건(乾) 자, 지아비 부(夫) 자, 사내 남
    (男) 아들 자(子) 자 몸이 되어 계집 녀(女) 변에 다 딱 붙
    이면 좋을 호(好) 자 만나 보자.
사랑 내 사랑 사랑.

또 너 죽어 될 것 있다.
너는 죽어 물이 되되,
은하수 · 폭포수 · 만경창해수 · 청계수 · 옥계수 · 알대장강(一

帶長江) 던져 두고,

7(七)년 대한(大旱) 가물 때도 일상 진진 추져 있는 음양수란
　물이 되고,

나는 죽어 새가 되되

두견새도 될라 말고,

요지(瑤池) 일월 청조 · 백학이며 대붕조(大鵬鳥)[1] 그런 새가
　될라 말고

쌍거쌍래 떠날 줄 모르는 원앙새란 새가 되어,

녹수에 원앙격으로

어화 둥둥 떠 놀거든

나인 줄을 알려무나.

사랑 사랑 내 간간 내 사랑이야.

"아니 그것도 나 아니 될라오."

그러면 너 죽어 될 것 있다.

너는 죽어 경주(慶州) 인경도 될라 말고,

전주(全州) 인경도 될라 말고

송도 인경도 될라 말고

장안 종로 인경 되고

나는 죽어 인경 마치 되어,

33천 28수를 응하여

길마재[2] 봉화(烽火) 세 자루 꺼지고,

---

1) 상상 속의 큰 새 이름.
2) 서울 서편에 있는 안현.

남산 봉화 두 자루 꺼지면
인경 첫마디 치는 소리
그저 뎅뎅 칠 때마다
다른 사람 듣기에는
인경 소리로만 알아도
우리 속으로는
춘향 뎅 도령님 뎅이라,
만나 보자꾸나.
사랑 사랑 내 간간 내 사랑이야.

"아니 그것도 나는 싫소."

그러면 너 죽어 될 것 있다.
너는 죽어 방아 확[1]이 되고,
나는 죽어 방아 고[2]가 되어
경신년 경신월 경신일 경신시에 강태공 조작 방아 그저 떨꾸
　덩 떨꾸덩 찧거들랑 나인 줄 알려무나.
사랑 사랑 내 간간 사랑이야.

춘향이 하는 말이,
"싫소, 그것도 내 아니 될라오."
"어찌하여 그 말이냐."
"나는 항시 어찌 이생이나 후생이나 밑으로만 되라니까 재미

---

1) 방아나 절구에서, 곡식을 담아 놓고 찧을 수 있게 움푹 들어가게 판 부분.
2) 절구를 찧는 공이.

없어 못 쓰겠소."

"그러면 너 죽어 위로 가게 하마. 너는 죽어 독매[3] 위짝이 되고 나는 죽어 밑짝 되어 이팔청춘 홍안미색들이 섬섬옥수로 맷대를 잡고 슬슬 두루면 천원지방격(天圓地方格)[4]으로 휘휘 돌아가거든 나인 줄을 알려무나."

"싫소, 그것도 아니 될라요. 위로 생긴 것이 부아[5]나게만 생기었소. 무슨 년의 원수로서 일생 한 구멍이 더하니 아무것도 나는 싫소."

그러면 너 죽어 될 것 있다.
너는 죽어 명사십리 해당화가 되고
나는 죽어 나비 되어,
나는 네 꽃송이 물고,
너는 내 수염 물고
춘풍이 건 듯 불거든
너울너울 춤을 추고 놀아 보자.
사랑 사랑 내 사랑이야
내 간간 사랑이지.

이리 보아도 내 사랑
저리 보아도 사랑
이 모두 내 사랑 같으면

---

3) 맷돌과 같은 말.
4) 하늘은 둥글고 땅은 모가 짐.
5) 분한 마음.

사랑 걸려 살 수 있나.
어허 둥둥 내 사랑
내 예쁜 내 사랑이야
방긋방긋 웃는 것은,
화중왕(花中王) 모란화가
하룻밤 세우(細雨) 뒤에 반만 피고자 한 듯,
아무리 보아도 내 사랑
내 간간이로구나.

"그러면 어쩌잔 말이냐. 너와 나와 유정하니 정자(情字)로 놀어 보자. 음상동(音相同)하여[1] 정자(情字)로 노래나 불러 보세."
"들읍시다."

내 사랑아 들러서라.
너와 나와 유정하니 어이 아니 다정하리.
담담장강수(澹澹長江水) 유유(悠悠) 원객정(遠客情)[2]
하교(河橋)에 불상송(不相送) 강수원함정(江樹遠含情)[3]
송군남표불승정(送君南漂不勝情)[4]
무인불견송아정(無人不見送我情)
한태조(漢太祖) 희우정(喜雨亭)
삼태육경(三台六卿) 백관조정(百官朝廷)

---

1) 같은 음을 취해.
2) 출렁출렁 흘러가는 강가의 물이여, 멀고 먼 원객의 정이라.
3) 하교에서 서로 보내지 못하니 다만 강수가 멀리 정을 먹음었도다.
4) 임을 남포에서 보내며 정을 이기지 못하도다.

도량(道場)⁵⁾ 청정(淸淨)

각씨친정(親庭)

친고통정(親故通情)

난세평정(亂世平定)

우리 둘이 천년인정

월명성희(月明星稀)⁶⁾ 소상동정(瀟湘洞情)

세상만물 조화정(造化定)

근심 걱정

소지(所志)⁷⁾ 원정(原情)⁸⁾

주어 인정(人情)

음식 투정

복 없는 저 방정

송정(訟庭)

관정(官廷)

내정(內情)

외정(外情)

애송정(愛松亭)

천양정(穿楊亭)

양귀비(楊貴妃) 심향정(沈香亭)

이비(二妃)이 소상정(瀟湘亭)

한송정(寒松亭)

---

5) 불가나 도가에서 수도하는 장소.
6) 달은 밝고 별은 드물도다.
7) 소장.
8) 사정을 하소연함.

백화만발 호춘정(好春亭)
기린토월(麒麟吐月) 백운정(白雲亭)
너와 나와 만난 정
일정 실정 논지(論之)하면
내 마음은 원형이정(元亨利貞)
네 마음은 일편탁정(一片託情)
이같이 다정타가
만일즉 파정(破情)하면
복통절정(腹痛絶情) 걱정되니
진정으로 원정(原情)하잔 그 정자(情字)다.

춘향 좋아라고 하는 말이,
"정 속은 도저(到底)[1]하오, 우리 집 재수있게 안택경(安宅
經)[2]이나 좀 읽어 주오."
도령님 허허 웃고,
"그뿐인 줄 아느냐. 또 있지야 궁자(宮字) 노래를 들어 보아
라."
"애교 얄궂고 우습다. 궁자 노래가 무엇이오."
"네 들어 보아라. 좋은 말이 많으니라."

좁은 천지 개태궁(開胎宮)
뇌성벽력 풍우 속에 서기(瑞氣) 삼광(三光)[3] 풀려 있는 엄장

---

1) 썩 잘 되어 매우 좋음. 끝까지 이르러서 훌륭함.
2) 판수나 무당이 집안에 탈이 없도록 터주를 위로하기 위해서 읽는 경문(經文).
3) 해와 달, 별.

하다 창합궁(閶闔宮)[4],

성덕 넓으시사 조림(照臨)이 어인 일고. 주지객(酒池客) 운성
　(雲盛)하던 은왕(殷王)의 대정궁(大庭宮) 진시황(秦始皇) 아
　방궁(阿房宮)

문천하득(問天下得)[5]하실 적에 한태조 함양궁(咸陽宮)

그 곁에 장락궁(長樂宮)

반첩여(班婕妤) 장신궁(長信宮)

당명황제(唐明皇帝) 상춘궁(賞春宮)

이리 올라 이궁(離宮)

저리 올라서 별궁(別宮)

용궁 속의 수정궁

월궁 속의 광한궁

너와 나와 합궁하니 한평생 무궁이라.

이 궁 저 궁 다 버리고, 네 양각(兩脚) 새 수룡궁(水龍宮)에

내의 심중 방망이로 길을 내자꾸나.

춘향이 반만 웃고,

"그런 잡담은 말으로."

"그게 잡담 아니로다. 춘향아 우리 둘이 업음질이나 하여 보
자."

"애고 참 잡성스러워라. 업음질 어떻게 하여요."

업음질 여러 번 한성부르게[6] 말하던 것이었다.

---

4) 하늘 위에 있는 궁 이름.
5) 천하를 얻게 된 까닭을 물음.
6) '한성싶게'의 사투리.

62

"업음질 천하 쉽니라. 너와 나와 활활 벗고 업고 놀고, 안고 놀면 그게 업음질이지야."

"애고 나는 부끄러워 못 버겠소."

"에라, 요 계집아이야 안 될 말이로다. 내 먼저 벗으마."

버선·대님·허리띠·바지·저고리 활활 벗어 한편 구석에 밀쳐놓고 우뚝 서니 춘향이 그 거동을 보고 빵긋 웃고 돌아서며 하는 말이,

"영락없는 낮도깨비 같소."

"오냐, 네 말 좋다. 천지 만물이 짝 없는 게 없느니라. 두 도깨비 놀아 보자."

"그러면 불이나 끄고 노사이다."

"불이 없으면 무슨 재미있겠느냐, 어서 벗어라 어서 벗어라."

"애고 나는 싫어요."

도령님 춘향 옷을 벗기려 할 때 넘놀면서 어룬다. 만첩 청산 늙은 범이 살진 암캐를 물어다 놓고 이는 없어 먹든 못 하고 흐르릉 흐르릉 아웅 어루는 듯, 북해 흑룡이 여의주를 입에다 물고 채운간에 넘노는 듯, 단산(丹山) 봉황이 죽실[1] 물고 오동 속에 넘노는 듯, 구고(九皐)[2] 청학이 난초를 물고서 고송간(古松間)에 넘노는 듯, 춘향의 가는 허리를 후리쳐 담쑥 안고, 기지개 아드득 떨며, 귓밥도 쪽쪽 빨며, 입술도 쪽쪽 빨면서 주홍 같은 혀를 물고 오색 단청 순금장(純金欌) 안에 쌍거쌍래 비둘기같이 꿍꿍 끙끙 으흥거려 뒤로 돌려 담쑥 안고, 젖을 쥐고 발발 떨며 저고리·치마·바지·속것까지 활활 벗겨 놓니 춘향이

1) 대나무 열매.
2) 수택(水澤)의 심처(深處).

부끄러워 한편으로 잡치고 앉았을 때 도령님 답답하여 가만히
살펴보니, 얼굴이 복짐하여[3] 구슬땀이 앉았구나.

"이 애 춘향아, 이리 와 업히거라."

춘향이 부끄러워하니,

"부끄럽기는 무엇이 부끄러워. 이왕에 다 아는 배니 어서 와
업히거라."

춘향을 업고 추기스며,

"어따 그 계집아이 똥집 장히 무겁다. 네가 내 등에 업히인
게 마음이 어떠하냐."

"한껏나게 좋소이다."

"좋으냐."

"좋아요."

"나도 좋다. 좋은 말을 할 것이니 네가 대답만 하여라."

"말씀 대답하올 터니 하여 보옵소서."

"네가 금(金)이지야."

"금이라니 당치 않소. 8년 풍진 초한시절(楚漢詩節)에 육출기
계(六出奇計)[4] 진평(陳平)이가 범아부(范亞父)[5]를 잡으려고 황
금 4만을 흩었으니 금이 어이 남으리까."

"그러면 진옥(眞玉)이냐."

"옥이라니 당치 않소. 만고영웅 진시황이 형산에 옥을 얻어
이사(李斯)의 명필로 수명우천기수영창(受命于天旣壽永昌)이라[6]

_____

3) 심한 운동으로 얼굴이 상기하고, 좀 부어오른 듯이 보이는 모습.
4) 육차(六次)의 기계(奇計).
5) 초나라의 항우가 범증을 높여 일컫는 말.
6) 하늘로부터 명을 받았으니 오래 살 것이며 길이 번창하리로다.

옥새(玉璽)를 만들어서 만세유전을 하였으니 옥이 어이 되오리까."

"그러면 네가 무엇이냐 해당화냐."

"해당화라니 당치 않소. 명사십리 아니거든 해당화가 되오리까."

"그러면 네가 무엇이냐. 밀화(蜜花), 금패(錦貝)[1], 호박(琥珀, 진주(眞珠)냐."

"아니 그것도 당치 않소. 삼태육경(三台六卿) 대신재상(大臣宰相) 팔도방백(八道方伯) 수령님네 갓끈, 풍잠(風簪)[2] 다하고서 남은 것은 경향의 일등 명기 지환(指環) 벌 허다히 만드니, 호박ㆍ진주 부당하오."

"네가 그러면 대모(玳瑁) 산호(珊瑚)냐."

"아니 그것도 내 아니오. 대모간 큰 병풍 산호 난간하여 광리왕(廣利王) 대량문(大樑文)에 수궁보물 되었으니 대모 산호가 부당이오."

"네가 그러면 반달이냐."

"반달이라니 당치 않소. 금야 초생 아니거든 벽공에 돋은 명월 내가 어찌 기오리까."

"네가 그러면 무엇이냐. 날 호려 먹는 불여우냐, 네 어머니 너를 낳아 곱도곱게 길러 내어, 날만 호려 먹으려고 생겼느냐. 사랑 사랑 사랑이야. 내 간간 내 사랑이야. 네가 무엇을 먹으려느냐. 생률 숙률을 먹으려느냐. 둥글둥글 수박 웃봉지 대모 장도 드는 칼로 뚝 떼고 강릉(江陵) 백청(白淸)을 두루 부어 은수

---

1) 빛깔이 누르고 투명한 호박(琥珀)의 일종.
2) 망건의 당 앞쪽에 꾸미는 물건.

저 반간지로 붉은 점 한 점을 먹으려느냐."

"아니 그것도 내사 싫소."

"그러면 무엇을 먹으려느냐. 시금털털 개살구를 먹으려느
냐."

"아니 그것도 내사 싫소."

"그러면 무엇을 먹으려느냐. 돝 잡아 주랴. 개 잡아 주랴. 내
몸 통째 먹으려느냐."

"여보, 도령님, 내가 사람 잡아먹는 것 보았소."

"에라, 요것 안 될 말이로다. 어화 둥둥 내 사랑이지."

"이 애 그만 내리려무나. 백사만사가 다 품앗이가 있느니라.
내가 너를 업었으니 너도 나를 업어야지."

애고 도령님은 기운이 세어서 나를 업었거니와, 나는 기운이
없어 못 업겠소.

"업는 수가 있느니라. 나를 도두 업으려 말고 발이 땅에 자운
자운하게[3] 뒤로 잦힌 듯하게 업어다오."

도령님을 업고 툭 추어 놓니 대중이 틀렸구나.

"애고 잡성스러워라."

이리 흔들 저리 흔들,

"내가 네 등에 업혀 놓니 마음이 어떠하냐. 나도 너를 업고
좋은 말을 하였으니 너도 나를 업고 좋은 말을 하여야지."

"좋은 말을 하오리다. 들으시오. 부열(傳說)이를 업은 듯, 여
상(呂尙)[4]이를 업은 듯, 흉중대략(胸中大略) 품었으니 명만일국
(名滿一國) 대신 되어 주석지신(柱石之臣) 보국충신(輔國忠臣)

---

3) 달까 말까 하게.
4) 강태공.

모두 헤아리니 사육신을 업은 듯, 생육신을 업은 듯, 일선생·
월선생·고운선생(孤雲先生)[1]을 업은 듯, 제봉(霽峰)[2]을 업은
듯, 요동백(遼東伯)[3]을 업은 듯, 정송강(鄭松江)[4]을 업은 듯, 충
무공을 업은 듯, 우암(尤庵)[5]·퇴계(退溪)[6]·사계(沙溪)[7]·명재
(明齋)[8]를 업은 듯, 내 서방이지 내 서방 알뜰 간간 내 서방. 진
사 급제 대(臺) 받쳐 직부주서(直赴注書) 한림학사 이렇듯이 된
연후 부승지·좌승지·도승지로 당상[9]하여 팔도 방백 지낸 후
내직으로 각신(閣臣)[10]·대교(待敎)[11]·복상(卜相)[12]·대제학
(大提學)·대사성(大司成)·판서·좌상·우상·영상·규장각
하신 후에 내삼천(內三千)[13]·외팔백(外八百) 주석지신(柱石之
臣), 내 서방 알뜰 간간 내 사랑이제."

　저 손수 농즙나게 문질렀구나.

　"춘향아, 우리 말놀음이나 좀 하여 보자."

　"애고, 참 우스워라. 말놀음이 무엇이요."

　말놀음 많이 하여 본 성부르게,

---

1) 신라 말기의 학자 최치원.
2) 조선 선조 때 의병장 고경명.
3) 조선 광해군 때 무사 김응하.
4) 조선 선조 때의 명신 정철.
5) 조선 중기의 명신 송시열.
6) 조선 중기의 대학자 이황.
7) 조선 중기의 학자 김장생.
8) 조선 숙종 때의 학자 윤증.
9) 당상관. 조선 시대 관계(官階)의 한 구분.
10) 규장각의 제학(提學).
11) 조선 시대 때의 관직. 규장각의 정9품에서 정7품 사이의 관원.
12) 새로 정승을 가려 뽑음.
13) 조선 시대 때의 관제. 내직이 3천이고 외직이 800이 된다는 말.

"천하 쉽지야, 너와 나와 벗은 김에 너는 온 방바닥을 기어 다녀라. 나는 네 궁둥이에 딱 붙어서 네 허리를 잔뜩 끼고 볼기짝을 내 손바닥으로 탁 치면서 이리 하거든 호홍거려 퇴김질[14]로 물러서며 뛰어라. 알심있게 뛰게 되면 탈 승(乘) 자 노래가 있나니라."

"타고 노자, 타고 노자, 헌원씨(軒轅氏)[15] 습용간과(習用干戈)[16] 능작대무(能作大霧)[17] 치우(蚩尤)[18] 탁록야(涿鹿野)[19]에 사로잡고, 승전고를 울리면서 지남거(指南車)를 높이 타고, 하우씨(夏禹氏) 9년지수 다스릴 때 육행승거(陸行乘車) 높이 타고, 적송자(赤松子) 구름 타고, 여동빈(呂洞賓) 백로 타고, 이적선(李謫仙) 고래 타고, 맹호연(孟浩然) 나귀 타고, 태을선인(太乙仙人) 학을 타고, 대국천자(大國天子) 코끼리 타고, 우리 전하는 연(輦)[20]을 타고, 삼정승은 평교자(平交子)[21]를 타고, 육판서는 초헌(軺軒)[22]을 타고, 훈련대장은 수레 타고, 각 읍 수령은 독교(獨轎)[23] 타고, 남원부사는 별연(別輦)[24] 타고, 일모장강(日暮長江) 어옹(魚翁)들은 일엽편주(一葉片舟) 도도 타고, 나는 탈 것

---

14) 연을 날릴 때에 얼레 자루를 재치며 통줄을 주어서 그루박는 일. 여기서는 머리를 숙이고 뒤로 물러서는 행동을 형용하는 일.
15) 황제의 이름.
16) 간과는 창과 방패라는 뜻으로, 곧 군기 사용을 연습한다는 말.
17) 호풍환우(呼風喚雨)의 재주로 운무(雲霧)를 만드는 일.
18) 황제 시대의 제후.
19) 중국 하북성 탁록현의 동남쪽.
20) 왕이 타는 가마의 한 가지.
21) 종1품 이상 및 기로소의 당상관이 타는 가마.
22) 종2품 이상의 관리가 타던 수레.
23) 가마의 한 종류.
24) 왕이 타는 수레와 다르게 만든 수레.

없으니 금야 삼경 깊은 밤에 춘향 배를 넌짓 타고, 홑이불로 돛을 달아 내 기계로 노를 저어 오목샘을 들어가되, 순풍에 음양수를 시름없이 건너갈 때, 말을 삼아 탈 양이면 걸음걸이 없을소냐. 마부는 내가 되어 네 구정[1]을 넌지시 잡아, 구정걸음 반부새[2]로 화장[3]으로 걸어라. 기총마(騎聰馬) 뛰듯 뛰어라."

온갖 장난을 다 하고 보니 이런 장관이 또 있으랴. 이팔 이팔 둘이 만나 맺힌 마음 세월 가는 줄 모르던가 보더라. 이때 뜻밖에 방자 나와,

"도령님, 사또께옵서 부릅지요."

도령님 들어가니 사또 말씀하시되,

"여봐라, 서울서 동부승지(同副承旨)하고 교지[4]가 내려왔다. 나는 문부사장(文簿査定)하고 갈 것이니 너는 내행(內行)[5]을 배행(陪行)[6]하여 명일로 떠나거라."

도령님 부교(父敎) 듣고 일은 반갑고 일변은 춘향을 생각하니 흉중이 답답하여 사지에 맥이 풀리고 간장이 녹는 듯 두 눈으로 더운 눈물이 펄펄 솟아 옥면을 적시거늘 사또 보시고,

"너 왜 우느냐. 남원을 일생 살 줄로 알았더냐. 내직으로 승차[5]되니 섭섭히 생각 말고 금일부터 치행등절(治行等節)을 급히 차려 명일 오전으로 떠나거라."

겨우 대답하고 물러나와 내아에 들어가 사람이 무론 상중하

---

1) 미상(未詳).
2) 말이 좀 거칠게 닫는 일.
3) 화장 걸음. 곧 뚜벅뚜벅 걷는 걸음.
4) 조선 시대 때 임금이 신하에게 주던 사령.
5) 부녀자의 여행.
6) 웃사람을 모시고 가는 일.

하고 모친께는 허물이 적은지라 춘향의 말을 울며 청하다가 꾸
중만 실컷 듣고 춘향의 집으로 나오는데, 설움은 기가 막히나
노상에서 울 수 없어 참고 나오는데, 속으로 두부장 끓듯 하는
지라, 춘향 문전 당도하니 통째 건더기째 보째 왈칵 쏟아져 놓
으니,

"어푸 어푸 어허."

춘향이 깜짝 놀래어 왈칵 뛰어 내달아,

"애고, 이게 웬일이오. 안으로 들어가시더니 꾸중을 들으셨
소. 노상에 오시다가 무슨 분함 당하셨소. 서울서 무슨 기별이
왔다더니 중복[7]을 입어계소. 점잖으신 도령님이 이것이 웬일이
오."

춘향이 도령님 목을 담쑥 안고 치맛자락을 걷어 잡고 옥 안에
흐르는 눈물이 이리 씻고 저리 씻으면서,

"울지 마오, 울지 마오."

도령님 기가 막혀 울음이란 게 말리는 사람이 있으면 더 울던
것이었다. 춘향이 화를 내어,

"여보 도령님 아굴지[8] 보기 싫소. 그만 울고 내력 말이나 하
오."

"사또께옵서 동부승지 하계시단다."

춘향이 좋아하며,

"댁의 경사요. 그래서, 그러면 왜 운단 말이오."

"너를 버리고 갈 터이니 내 아니 답답하나."

"언제는 남원 땅에서 평생 살으실 줄 알았겠소. 나와 어찌 함

---

7) 대공(大功) 이상의 상복(喪服).
8) '아궁이'의 사투리. 여기서는 이도령의 입을 가리킴.

께 가기를 바라리요. 도령님 먼저 올라가 시면 나는 예서 팔 것 팔고 추후에 올라갈 것이니 아무 걱정 말으시오. 내 말대로 하였으면 군색잖고 좋을 것이요. 내가 올라가더라도 도령님 큰댁으로 가서 살 수 없을 것이니, 큰댁 가까이 조그마한 집 방이나 두엇 되면 족하오니 염탐하여 사 두소서. 우리 권구 가더라도 공밥 먹지 아니할 터이니 그렁저렁 지내다가 도령님 날만 믿고 장가 아니 갈 수 있소. 부귀 영총 재상가에 요조숙녀 가리어서 혼정신성(昏定晨省)할지라도 아주 잊든 마옵소서. 도령님 과거하여 벼슬 높아 외방[1]가면 신래(新來)[2] 마마(媽媽)[3] 치행할 때 마마로 내세우면 무슨 말이 되오리까. 그리 알아 조처하오."

"그게 이를 말이냐. 사정이 그렇기로 네 말을 사또께는 못 여쭈고 대부인전 여쭈오니 꾸중이 대단하시며 양반의 자식이 부형 따라 하향(遐鄕)[4]에 왔다 화방작첩(花房作妾)[5]하여 데려간단 말이 전정에도 괴이 하고 조정에 들어 벼슬도 못 한다더구나. 불가불 이별이 될밖에 수 없다."

춘향이 이 말을 듣더니 고닥기[6] 발연 변색이 되며, 요두전목(搖頭轉目)에 불그락푸르락 눈을 간잔지런하게 뜨고 눈썹이 꼿꼿하여지면서 코가 발심발심하며 이를 뽀드득 뽀드득 갈며, 온몸을 쑤신 입[7] 틀 듯하며, 매 꿩 차는 듯하고 앉았더니,

---

1) 외관직.
2) 과거에 급제한 후 새로 임관되어 처음 관아에 종사하는 사람.
3) 벼슬아치의 첩을 높여 부르는 말. 아주 존귀한 사람을 부를 때 존대해서 일컫는 말.
4) 서울에서 멀리 떨어진 지방.
5) 기생첩.
6) 곧. 바로.
7) 바늘로 찌르듯이 아픈 입. '쑤신'은 '쑤시다'의 사투리.

"허허, 이게 웬말이오."

왈칵 뛰어 달려들며, 치맛자락도 와드득 좌드륵 찢어 버리며, 머리도 와드득 쥐어뜯어 싹싹 비벼 도령님 앞에다 던지면서,

"무엇이 어쩌고 어째. 이것도 쓸데없다."

명경(明鏡)·체경(體鏡)·산호죽절(珊瑚竹節)을 두루쳐 방문 밖에 탕탕 부딪치며 발도 동동 굴러 손뼉 치고 돌아앉아 자탄가로 우는 말이,

"서방 없는 춘향이가 세간 무엇하며, 단장하여 뉘 눈에 괴일꼬[8]. 몹쓸년의 팔자로다. 이팔청춘 젊은 것이 이별될 줄 어찌 알랴. 부질없는 이내 몸을 허망하신 말씀으로 전정 신세 버렸구나. 애고 애고 내 신세야."

천연히 돌아앉아,

"여보 도령님, 인제 막 하신 말씀 참말이요 농말이요. 우리 둘이 처음 만나 백년언약 맺을 적에 대부인, 사또께옵서 시키시던 일이오니까. 빙자가 웬일이요. 광한루서 잠깐 보고 내 집에 찾아와서 침침무인[9] 야삼경에 도령님은 저기 앉고 춘향 나는 여기 앉아, 날더러 하신 말씀 구망[10] 붙여 천망이요, 신망붙여 천망이라고, 전년 5월 단오야에 내 손길 부여잡고 우둥퉁퉁 밖에 나와 당중에 우뚝 서서 경경히[11] 맑은 하늘 천번이나 가리키며 만번이나 맹세키로 내 정녕 믿었더니, 말경에 가실 때는 톡 떼어 버리시니 이팔청춘 젊은 것이 낭군 없이 어찌 살꼬. 침침

---

8) 사랑을 받을꼬.
9) 밤이 깊어가고 조용해지는 모양.
10) 미상(未詳).
11) 불빛이 깜박깜박거림.

공방 추야장에 시름 상사 어이할꼬. 애고 애고 내 신세야. 모지
도다 모지도다 도령님이 모지도다. 독하도다 독하도다 서울 양
반 독하도다. 원수로다 원수로다 존비귀천 원수로다. 천하에 다
정한 게 부부정 유별컨만 이렇듯 독한 양반 이 세상에 또 있을
까. 애고 애고 내 일이야. 여보 도령님, 춘향 몸이 천타고 함부
로 버리셔도 그만인 줄 아지 마오. 첩지박명(妾之薄命)¹⁾ 춘향이
가 식불감미(食不甘味) 밥 못 먹고 침불안석 잠 못 자면 며칠이
나 살 듯하오. 상사로 병이 들어 애통하다 죽게 되면 애원한 내
혼신 원귀가 될 것이니, 존중하신 도령님이 근들 아니 재앙이
요. 사람의 대접을 그리 마오. 인물 거천(擧薦)하는 법이 그런
법 왜 있을꼬. 죽지고 죽고지고, 애고 애고 설운지고."

한참 자진하여 설이 울 때 춘향모는 물색도 모르고,

"애고, 저것들 또 사랑 싸움이 났구나. 어 참 아니꼽다. 눈 구
석 쌍 가래톳 설 일 많이 볼테."

하고 아무리 들어도 울음이 장차 길구나. 하던 일을 밀쳐 놓고
춘향 방 영창 밖으로 가만가만 들어가며 아무리 들어도 이별이
로구나.

"허, 동내(洞內) 사람 다 들어 보오. 오늘날로 우리 집에 사람
둘 죽읍네."

이간(二間) 마루 섭적 올라 영창문을 두드리며 우루룩 달려들
어 주먹으로 겨누면서,

"이년, 이년, 썩 죽어라. 살아서 쓸데없다. 너 죽은 시체라도
저 양반이 지고 가게. 저 양반 올라가면 뉘 간장을 녹이려냐.

---

1) 첩의 기박한 운명.

이년 이년, 말 듣거라. 내 일상 이르기를, 후회되기 쉽느니라, 도도한 마음먹지 말고 여염 사람 가리어서 형세(形勢) 지처(地處) 너와 같고, 재주 인물이 모두 너와 같은 봉황의 짝을 얻어 내 앞에 노는 양을 내 안목에 보았으면 너도 좋고 나도 좋제. 마음이 도고(道高)하여 남고 별로 다르더니 잘 되고 잘 되었다."

두 손뼉 꽝꽝 마주 치면서 도령님 앞에 달려들어,

"나와 말 좀 하여 봅시다. 내 딸 춘향을 버리고 간다 하니 무슨 죄로 그러시오. 춘향이 도령님 모신 지 거진 1년 되었으되 행실이 그르던가, 예절이 그르던가. 침선이 그르던가, 언어가 불순턴가, 잡스런 행실 가져 노류장화(路柳牆花)2) 음란턴가, 무엇이 그르던가, 이 봉변이 웬일인가. 군자 숙녀 버리는 법 칠거지악 아니면은 못 버리는 줄 모르는가. 내 딸 춘향 어린 것을 밤낮으로 사랑할 때 안고 서고 눕고 지며 100년 3만 6천 일에 떠나 살지 마자 하고 주야장천 어루더니 말경에 가실 때는 뚝 떼어 버리시니 양류천만사(楊柳千萬絲)인들 가는 춘풍 어이 하며, 낙화 낙엽되게 되면 어느 나비가 다시 올까. 백옥 같은 내 딸 춘향 황요신(花容身)3)도 부득이 세월이 장차 늙어져 홍안이 백수(白首)되면 시호시호부재래(時乎時乎不再來)4)라 다시 젊든 못 하나니, 무슨 죄가 진중하여 허송백년하오리까. 도령님 가신 후에 내 딸 춘향 임 그릴 때 월정명(月正明) 야삼경에 첩첩수심(疊疊愁心) 어린것이 가장(家長) 생각 절로 나서 초당전 화계상

2) 누구든지 꺾을 수 있는 길가의 버들과 담밑의 꽃이란 뜻. 곧 창부를 가리키는 말.
3) 꽃과 같이 아름다운 여자의 어굴과 몸.
4) 때야말로 두 번 다시 되돌아오지 않는다는 뜻.

74

(花階上) 담배 피워 입에 물고 이리저리 다니다가 불꽃 같은 시름 상사 흉중으로 솟아나 손 들어 눈물 씻고 후유 한숨 길게 쉬고 북편을 가리키며, 한양 계신 도령님도 날과 같이 기루신지[1] 무정하여 아주 잊고 일장 편지 아니 하신가. 긴 한숨에 듣는 눈물 옥안 홍상 다 적시고 제의 방으로 들어가서 의복도 아니 벗고 외로운 베개 위에 벽만 안고 돌아누워 주야장탄 우는 것은 병 아니고 무엇이요. 시름 상사 깊이 든 병 내 구치 못하고서 원통히 죽게 되면 70 당년 늙은 것이 딸 잃고 사위 잃고 태백산 갈가마귀 게발 물어다 던지듯이 혈혈단신 이 내 몸이 뉘를 믿고 살잔 말고. 남 못 할 일을 그리 마오. 애고 애고 설운지고. 못하지요, 몇 사람 신세를 망치려고 아니 데려가오. 도령님 대 가리가 둘 돋쳤소. 애고 무서라. 이 쇠떵떵[2]아."

왈칵 뛰어 달려드니 이 말 만일 사또께 들어가면 큰 야단이 나겠거던,

"여보소 장모, 춘향만 데려갔으면 그만두겠네그려."

"그래, 아니 데려가고 견뎌 낼까."

"너무 것세우지 말고[3] 여기 앉아 말 좀 듣소. 춘향을 데려간 대도 가마 쌍교 말을 태워 가자 하니 필경에 이 말이 날 것인즉 달리는 변통할 수 없고, 내 이 기가 막히는 중에 꾀 하나를 생각하고 있네마는 이 말이 입밖에 내서는 양반 망신만 하는 게 아니라 우리 선조 양반이 모두 망신할 말이로세."

"무슨 말이 그리 좌뜬[4] 말이 있단 말인가."

___
1) 그리워하시는지.
2) 쇠떵떵이. 쇠로 만든 덩어리.
3) 거세게 굴지 말고.

"내일 내행(內行)이 나오실 때 내행 뒤에 사당이 나올 테니 배행은 내가 하겠네."

"그래서요."

"그만 하면 알제."

"나는 그 말 모르겠소."

"신주(神主)는 모셔 내어 내 창옷 소매에다 모시고 춘향은 요여(腰輿)⁵⁾에다 태워 갈 밖에 수가 없네. 걱정 말고 염려 마소."

춘향이 그 말 듣고 도령님을 물끄러미 바래더니,

"마소, 어머니, 도령님 너무 조르지 마소. 우리 모녀 평생 신세 도령님 장중에 매였으니 알아 하라 당부나 하오. 이번은 아마도 이별할 밖에 수가 없네. 이왕에 이별이 될 바에는 가시는 도령님을 왜 조르리까마는 우선 갑갑하여 그러하제. 내 팔자야, 어머니 건넌방으로 가옵소서."

"내일은 이별이 될 턴가 보오. 애고 애고 내 신세야, 이별을 어찌할꼬. 여보 도령님."

"왜야."

"여보, 참으로 이별을 할 테요."

촛불을 도로 켜고 둘이 서로 마주앉아 갈 일을 생각하고 보낼 일을 생각하니 정신이 아득, 한숨질 눈물겨워 경경오열(哽哽嗚咽)⁶⁾하여 얼굴도 대어 보고 수족도 만져 보며,

"날 볼 날이 몇 밤이요. 애달아 나쁜 수작 오늘밤이 망종⁷⁾이

---

4) 생각이 남보다 월등히 뛰어남.

5) 혼백과 신주를 모시고 돌아오는 소여(小輿).

6) 슬픔에 목이 메인다는 뜻.

7) 인생의 마지막.

니 내의 설운 원정 들어 보오. 연근육순(年近六旬) 내의 모친 일
가친척 바이 없고 다만 독녀 나 하나라. 도령님께 의탁하여 영
귀할까 바랐더니 조물이 시기하고 귀신이 작해하여 이 지경이
되었구나. 애고 애고 내 일이야. 도령님 올라가면 나는 뉘를 믿
고 사오리까. 천수만한 내의 회포 주야 생각 어이하리. 이화 도
화 만발할 때 수변행락(水邊行樂) 어이하며, 황국 단풍 늦어 갈
때 고절숭상(孤節崇尚) 어이할꼬. 독숙공방 긴긴 밤에 전전반측
(輾轉反側) 어이하리. 쉬느니 한숨이요, 뿌리느니 눈물이라. 적
막강산 달 밝은 밤에 두견성을 어이하리. 상풍고결(霜風高潔)
만리변(萬里邊)에 짝 찾는 저 홍안성(鴻雁聲)[1]을 뉘라서 금하오
며 춘하추동 사시절에 첩첩이 쌓인 경물 보는 것도 수심이요,
듣는 것도 수심이라."

  애고 애고 설이 울 때 이도령 이른 말이,

  "춘향아 울지 마라. 부술소관첩재오(夫戍簫關妾在吳)[2]라, 소
관(簫關)이 부술(夫戍)들과 오(吳)나라 정부(征婦)[3]들도 동서
임 그리워서 규중심처 늙어 있고, 정객관산로기중(征客關山路幾
重)[4]에 관산의 정객이며 녹수부용(綠水芙蓉) 채련녀(採蓮女)도
부부신정 극중타가 추월간산 적막한데 연을 키워 상사하니 나
올라간 뒤라도 창전에 명월커든 천리상사(千里想思) 부디 마라.
너를 두고 가는 내가 1일 평분 12시[5]를 낸들 어이 무심하랴. 우
지 마라, 우지 마라."

---

1) 기러기 우는 소리.
2) 남편은 소관에 수자리 살고 첩은 오나라에 있도다.
3) 출정한 군인의 아내.
4) 관산에 계신 남편은 머나먼 길이 얼마던고.
5) 옛날에는 하루를 12지로 나누었음.

춘향이 또 우는 말이,

"도령님 올라가면 행화춘풍(杏花春風) 거리거리 취하는 게 장진주(將進酒)요, 청루미색(靑樓美色) 집집마다 보시느니 미색이요 처처에 풍악 소리 간 곳마다 화월이라. 호색하신 도령님이 주야 호강 놀으실 때 날 같은 하방천첩(遐方賤妾)[6]이야 손톱만치나 생각하오리까. 애고 애고 내 일이야."

"춘향아 우지 마라. 한양성 남북촌에 옥녀가인 많건마는 규중심처 깊은 정 너밖에 없었으니, 내 아무리 대장부인들 일각이나 잊을소냐."

서로 피차 기가 막혀 연연 이별 못 떠날지라. 도령님 모시고 갈 후배사령(後陪使令)[7]이 나올 적에 헐떡헐떡 들어오며,

"도령님, 어서 행차하옵소서. 안에서 야단났소. 사또께옵서 도령님 어디 가셨느냐 하옵기로 소인이 여쭙기를 놀던 친구 작별차로 문 밖에 잠깐 나가셨노라 하였사오니 어서 행차하옵소서."

"말 대령하였느냐."

"말 마침 대령하였소."

백마욕거장시(白馬欲去長嘶)하고 청아석별견의(淸娥惜別牽衣)로다[8]. 말은 가자고 네 굽을 치는데 춘향은 마루 아래 툭 떨어져 도령님 다리를 부여잡고,

"날 죽이고 가면 가지, 살리고는 못 가고 못 가느니."

말 못 하고 기절하니 춘향모 달려들어,

---

6) 먼 곳에 있는 천한 계집.
7) 벼슬아치가 다닐 때 뒤따르던 사령.
8) 흰 말은 떠나고자 길게 울고, 미인은 이별을 안타까워 옷을 이끌도다.

"향단아, 찬물 어서 떠오너라. 차를 달여 약 갈아라. 네 이 몹쓸년아, 늙은 어미 어쩌려고 몸을 이리 상하느냐."

춘향이 정신 차려,

"애고 갑갑하여라."

춘향의 모 기가 막혀,

"여보 도령님, 남의 생때 같은 자식을 이 지경이 웬일이요. 절곡한 우리 춘향 애통하여 죽게 되면 혈혈 단신 이 내 신세 뉘를 믿고 사잔 말고."

도령님 어이없어,

"이봐 춘향아, 네가 이게 웬일이냐. 나를 영영 안 보려느냐. 하량낙일수운기(河梁落日愁雲起)[1]는 소통국(蘇通國)의 모자 이별[2], 정객관산로기중(征客關山路幾重)에 오희월야(吳姬越也) 부부이별, 편삽수유소일인(徧揷茱萸少一人)[3]은 용산(龍山)의 형제이별, 서출양관무고인(西出陽關無故人)[4]은 위성(渭城)의 붕우(朋友) 이별, 그런 이별 많아여도 소식 들을 때가 있고 생면할 날이 있었으니 내가 이제 올라가서 장원급제 출신하여 너를 데려갈 것이니 우지 말고 잘 있거라. 울음을 너무 울면 눈도 붓고 목도 쉬고 골머리도 아프니라. 돌기라도 망두석(望頭石)[5]은 천만년이 지나가도 광석(壙石)될 줄 몰라 있고, 남이라도 상사목(想思木)은 창밖에 우뚝 서서 1년 춘절 다 지내되 잎이 필 줄 몰

---

1) 하량에서 해 떨어질 무렵 근심 낀 구름이 일어남.
2) 한나라 사람 소무의 아들 통국이 그의 어머니 호인과 하량에서 이별하고 아버지의 나라 한으로 돌아오니 후인들이 그때 정경을 슬퍼한 고사.
3) 모두 수유를 머리에 꽂았으나 다만 나 한 사람이 없을 뿐임.
4) 서쪽으로 양관을 나서면 고인이 없을 것임.
5) 무덤 앞에 세우는 한 쌍의 돌기둥.

라 있고, 병이라도 훼심병6)은 오매불망 죽나니라. 네가 나를 보려거든 설워 말고 잘 있거라."

춘향이 할 길 없어,

"여보 도령님, 내 손에 술이나 망종 잡수시오. 행찬 없이 가실진대 나의 찬합 갊아다가7) 숙소참8) 잘 자리에 날 본 듯이 잡수시오. 향단아, 찬합 술병 내오너라."

춘향이 일배주 가득 부어 눈물 섞어 드리면서 하는 말이,

"한양성 가시는 길에 강수(江樹) 청청 푸르거든 원함정(遠含情)을 생각하고, 천시가절(天時佳節) 때가 되어 세우가 분분커든 노상행인욕단혼(路上行人欲斷魂)9)이라 마상에 곤핍하여 병이 날까 염려오니 방초 무초 저문 날에 일찍 들어 주무시고 아침날 풍우상에 늦게야 떠나시며 한 채찍 천리마에 모실 사람 없사오니 부디부디 천금 귀체 시사 안보하옵소서. 녹수진경도(綠樹秦京道)10)에 평안히 행차하옵시고 일자 음신 듣사이다. 종종 편지나 하옵소서."

도령님 하는 말이,

"소식 듣기 걱정 마라. 요지(瑤池)의 서왕모(西王母)도 주목왕(周穆王)을 만나려고 일쌍 청조 자래하여 수천리 먼먼 길에 소식 전송하여 있고, 한무제 중랑장(中郎將)은 상림원(上林苑) 군부전(君父前)에 일척금서(一尺錦書) 보았으니 백안(白雁) 청

---

6) 남녀간의 연정의 정에서 생긴 병.
7) 간직하다가.
8) 숙소를 잡는 역(驛) 마을.
9) 길가는 사람의 애를 끊는도다.
10) 푸른 나무는 진(秦)나라 서울의 길.

조(靑鳥) 없을망정 남원 인편 없을소냐. 슬퍼 말고 잘 있거라."

　말을 타고 하직하니 춘향 기가 막혀 하는 말이,

　"우리 도령님이 가네 가네 하여도 거짓말로 알았더니, 말 타고 돌아서니 참으로 가는구나."

　춘향이가 마부 불러,

　"마부야, 내가 문 밖에 나설 수가 없는 터니 말을 붙들어 잠깐 지체하여 서라. 도령님께 한 말씀 여쭐란다."

　춘향이 내달아,

　"여보 도령님, 인제 가시면 언제나 오시려오. 사절소식 끊어질 절(絶) 보내나니 아주 영절(永絶), 녹죽·창송·백이숙제·만고 충절, 천산의 조비절(鳥飛絶)[1], 와병에 인사절(人事絶)·송절(松節·죽절(竹節), 춘하추동 사시절, 끊어져 단절·분절·훼절, 도령님은 날 버리고 박절히 가시니 속절없는 나의 정절, 독숙공방 수절할 때 어느 때에 파절(波節)[2]할꼬. 첩의 원정(寃情) 슬픈 고절(苦節) 주야 생각 미절할 때 부디 소식 돈절 마오."

　대문 밖에 거꾸러져 섬섬한 두 손길로 땅을 꽝꽝 치며,

　"애고 애고 내 신세야."

　애고 일성 하는 소리 황애산만풍소색(黃埃散漫風蕭索)이요, 정기무광일색박(旌旗無光日色薄)이라[3]. 엎더지며 자빠질 때 서운찮게 갈 양이면 몇 날 며칠 될 줄 모를레라. 도령님 타신 말은 준마가편(駿馬加鞭)[4]이 아니냐. 도령님 낙루하고 훗 기약을

---

1) 천산(千山)에 나는 새 그치고.
2) 파절은 절개를 깨뜨린다는 말이므로 잘못인 듯.
3) 누른 티끌은 흩어지며 바람은 쓸쓸하고, 정기는 빛이 없고 햇빛은 엷도다.
4) 잘 달리는 말에 채찍을 더함.

당부하고 말을 채쳐[5] 가는 양은 광풍에 편운(片雲)일레라.

이때 춘향이 할 일 없어 자던 침방으로 들어가서,

"향단아, 주렴 걷고 안석 밑에 베개 놓고 문 닫아라. 도령님을 생시는 만나 보기 망연하니 잠이나 들면 꿈에 만나 보자. 예로부터 이르기를 꿈에 와 보이는 임은 신(信)이 없다고 일렀건만, 답답히 기를진댄 꿈 아니면 어이 보리. 꿈아 꿈아 네 오너라. 수심 첩첩 한이 되어 몽불성(夢不成)에 어이하랴. 애고 애고 내 일이야. 인간 이별 만사중에 독숙공방 어이하리. 상사불견 내의 심경 뉘라서 알아 주리. 미친 마음 이렁저렁 흐트러진 근심 후리쳐 다 버리고 자나 누우나 먹고 깨나 임 못 보아 가슴 답답 어린 양기(養氣)[6] 고운 소리 귀에 쟁쟁 보고지고 보고지고, 임의 얼굴 보고지고. 듣고지고 듣고지고, 임의 소리 듣고지고. 전생에 무슨 원수로 우리 둘이 생겨나서 기린 상사 한데 만나 잊지 말자 처음 맹세, 죽지 말고 한데 있어 백년기약 맺은 맹세 천금주옥 꿈밖이요 세사일관 관계하랴. 근원(根源) 흘러 물이 되고 깊고 깊고 다시 깊고, 사랑 뫼와 뫼가 되어 높고 높고 다시 높아 끊어질 줄 모르거든 무너질 줄 어이 알리. 귀신이 작해하고 조물이 시기로다. 일조 낭군 이별하니 어느 날에 만나 보리. 천수만한(千愁萬恨) 가득하여 끝끝이 느끼워라. 옥안운빈 (玉顔雲鬢) 공로한(空老恨)이 일월(日月)이 무정이라. 오동추야 달 밝은 밤은 어이 그리 더디 새며, 녹음방초 빗긴 곳에 해는 어이 더디 간고. 이 상사 알으시면 임도 나를 기루련만 독숙공

방 홀로 누워 다만 한숨 벗이 되고 구곡간장(九曲肝腸) 굽이 썩어 솟아나니 눈물이라. 눈물 모여 바다 되고 한숨지어 청풍 되면 일엽주 무어 타고 한양 낭군 찾으련만 어이 그리 못 보는고. 우수 명월 달 밝은 때 설심도군(蓺心竈君)[1] 느끼오니 소연한 꿈이로다 현야월(懸夜月)[2] 두우성(杜宇聲)은 임계신 곳 비치련만 심중에 앉은 수심 나혼자뿐이로다. 야색 창망한데, 경경이 비치는 게 창 밖의 형화(螢火)[3]로다. 밤은 깊어 삼경인데 앉았은들 임이 올까, 누웠은들 잠이 오랴. 임도 잠도 아니 온다. 이 일을 어이하리. 아마도 원수로다. 홍진비래 고진감래 예로부터 있건마는 기다림도 적지 않고 기룬 제도 오래 건만 일촌간장 굽이굽이 맺힌 한을 임 아니면 뉘라풀꼬. 명천은 하감(下鑑)하사 수이 보게 하옵소서. 미진인정(未盡人情) 다시 만나 백발이 다 진토록 이별 없이 살고지고. 묻노라 녹수청산 우리 임 초최 행색 애연히 일별 후에 소식조차 돈절하다. 인비목석(人非木石)이어든 임도 응당 느끼리라. 애고 애고 내 신세야."

앙천자탄에 세월을 보내는데 이때 도령님은 올라갈 때 숙소마다 잠 못 이뤄 보고지고 내의 사랑, 보고지고 주야불망 우리 사랑 날 보내고 기룬 마음 속히 만나 풀으리라. 일구월심 굳게 먹고 등과 외방 바라더라.

이때 수삭 만에 신관 사또 났으되 자하골 변학도(卞學道)라 하는 양반이 오는데, 문필도 유여하고 인물 풍채 활달하고 풍류 속에 달통하여 외입 속이 넉넉하되 한갓 흠이 성정(性情)이 괴

---

1) 정성을 다해 신에게 빈다는 뜻.
2) 높이 달린 달.
3) 반딧불.

팍한 중에 사증(邪症)⁴⁾을 겸하여 혹시 실덕(失德)도 하고 오결
(誤決)⁵⁾하는 일이 간다(間多)고로 세상에 아는 사람은 다 고집
불통이라 하렷다. 신연하인(新延下人)⁶⁾ 현신(現身)⁷⁾할 때,

"이방이요."

"감상(監床)⁸⁾이요."

"수배(首陪)⁹⁾요."

"이방 부르라."

"이방이요."

"그새 너희 골에 일이나 없느냐."

"예, 아직 무고합내다."

"네 골 관노(官奴)가 삼남(三南)에 제일이라지."

"예, 부림직하옵내다."

"또 네 골에 춘향이란 계집이 매우 색(色)이라지."

"예."

"잘 있나."

"무고하옵내다."

"남원이 예서 몇 리고?"

"630리로소이다."

마음이 바쁜지라.

---

4) 멀쩡한 사람이 때때로 미친 짓을 하는 것.
5) 공사(公事)를 잘못 결단하는 것.
6) 도(道)나 군(郡)의 장교나 이속 들이 새로 도임하는 감사나 수령을 그 집에 가서 맞아
   오는 일.
7) 하인들이 상전을 처음 뵙는 일.
8) 귀인께 올리는 음식상을 미리 검사하는 이속.
9) 후배사령의 우두머리.

84

"급히 치행하라."

신연하인 물러나와,

"우리 골에 일이 났다."

이때 신관 사또 출행 날을 급히 받아 도임차로 내려올 때 위의(威儀)도 장할시고. 구름 같은 별연(別輦) 독교(獨轎) 좌우 청장(青杖)[1] 떡 벌이고 좌우편 부측 급창(及唱)[2] 물색 진한 모시 천익(天翼)[3], 백저(白苧), 전대(戰帶)[4] 고를 늘여 엇비슷이 눌러매고 대모관자 통영 갓을 이마 눌러 숙여 쓰고, 청장 줄 검쳐잡고,

"에라, 물러섰다 나 있거라."

혼금(閣禁)[5]이 지엄하고 좌우 구종(驅從) 진정마에 뒷채잡이 힘써라. 통인 한 쌍 책(策) 전립(戰笠)에 행차 배행 뒤를 딸고 수배·감상·공방이며 신연이 이방 가선하다. 노자(奴子) 한 쌍, 사령 한 쌍, 일산보종(日傘步從)[6] 전배(前陪)[7]하여 대로변에 갈라 서고 백방(百方) 수주(水紬) 일산(日傘), 복판 남수주(藍水紬) 선(線)을 둘러, 주석(朱錫) 고리 얼른얼른 호기있게 내려올 때, 전후에 혼금 소리 청산이 상응하고 권마성(勸馬聲) 높은 소리 백운(白雲)이 담담이라. 전주(全州)에 득달하여 경기전(慶基殿) 객사(客舍) 연명하고 영문에 잠깐 다녀 좁은 목 썩 내달아

---

1) 사령이 가지는 의장(儀杖)의 한 가지.
2) 관아에서 부리는 사내 종.
3) 무관의 공복(公服)의 한 가지.
4) 구식 군복에 띠던 띠.
5) 관청에서 잡인의 출입을 금하는 일. 또는 국왕의 행행(行幸) 혹은 대관이나 지방 장관의 행차시에 주위를 경비하던 일.
6) 자루가 긴 양산을 들고 뒤따르는 종.
7) 벼슬아치의 행차 때 앞을 인도하는 일.

만마관(萬馬關) 노구바위 넘어 임실(任實) 얼른 지내어 오수(獒
樹) 둘러 중화(中火)[8]하고, 즉일도임(卽日到任)할새 오리정(五里
亭)으로 들어갈 때 천총(千摠)이 영솔하고 육방 하인 청도도로
(淸道導路) 들어올 때 청도 한 쌍, 홍문기(紅門旗) 한 쌍, 주작
(朱雀) · 남동각(南東角) · 남서각(南西角) · 홍초남문(紅綃藍紋)
한 쌍, 청룡 · 동남각 남서각 · 남초 한 쌍, 현무(玄武) · 북동
각 · 북서각 · 흑초홍문(黑綃紅紋) 한 쌍. 등사(騰蛇)[9] · 순시(巡
視) 한 쌍, 영기(令旗) 한 쌍, 집사(執事) 한 쌍, 기패관(旗牌官)
한 쌍, 군노(軍奴) 열두 쌍, 좌우가 요란하다. 행군 취타(吹打)[10]
풍악 소리 성동에 진동하고 삼현육각(三絃六角) 권마성(勸馬聲)
은 원근(遠近)에 낭자하다. 광한루 포진(鋪陳)하여 개복(改服)
하고 객사에 연명차(延命次)로 남여(藍輿) 타고 들어갈새 백성
소시 엄숙하게 보이려고 눈을 별양 궁글궁글 객사에 연명하고
동헌(東軒)에 좌기하고, 도임상[11]을 잡순 후,

"행수(行首)[12] 문안이요."

행수 군관 집례(執禮) 받고, 육방 관속 현신 받고, 사또 분부
하되,

"수노(首奴) 불러 기생 점고[13]하라."

호장(戶長)이 분부 듣고 기생안책(妓生案冊)[14] 들여놓고 호명

---

8) 길을 가다가 먹는 점심식사.
9) 등사기의 준말. 대오방기(大五方旗)의 하나.
10) 군중(軍中)에서 나발 · 소라 · 대각 · 호적 등을 불고 징 · 북 · 바라 등을 치는 군악.
11) 지방의 관리가 도임했을 때에 대접하기 위해 차리는 음식상.
12) 한 무리의 두목.
13) 명부에 일일이 점을 찍어 가면서 사람의 수효를 조사하는 일.
14) 기생의 명부.

86

을 차례로 부르는데, 낱낱이 글귀로 부르던 것이었다.

"우후(雨後) 동산(東山) 명월(明月)이."

명월이가 들어를 오는데 나군(羅裙) 자락을 걸음걸음 걷어다가 세요흉당(細腰胸膛)[1]에 딱 붙이고 아장아장 들어를 오더니 점고 맞고,

"나오."

"어주축수애산춘(魚舟逐水愛山春)[2] 고운 춘색이 이 아니냐 도홍(桃紅)이."

도홍이가 들어를 오는데 홍상 자락을 걷어 안고 아장아장 조촘 걸어 들어를 오더니 점고 맞고,

"나오."

"단산(丹山)에 저 봉이 짝을 잃고 벽오동에 깃들이니 산수지령(山水之靈)이요, 비충지정(飛虫之精)이라[3], 기불탁속(飢不啄粟)[4] 굳은 절개 만수문전 채봉(彩棒)이."

채봉이가 들어오는데 나군 두른 허리 맵시 있게 걸어 안고, 연보(蓮步)를 정히 옮겨 아장아장 걸어 들어와 점고 맞고 좌부[5] 진퇴로,

"나오."

"청정지연(淸淨之蓮) 부개절(不改節)에 묻노라 저 연화 어여쁘고 고운 태도 화중군자 연심(蓮心)이."

---

1) 미인의 가는 허리.
2) 고기잡이 배는 강물 따라 산 봄을 사랑했도다.
3) 산수의 신령함이요, 비충의 정기로다.
4) 굶주려도 좁쌀을 쪼지 않음.
5) 미상(未詳).

연심이가 들어오는데 나상을 걷어 안고 나말(羅襪)[6] 수혜(繡鞋) 끌면서 아장 걸어 가마가만 들어오더니 좌부 진퇴로,

"나오."

"화씨(和氏)같이[7] 밝은 달 벽해에 들었나니 형산백옥(荊山白玉) 명옥(明玉)이."

명옥이가 들어오는데 기하상[8] 고운 태도 이행(履行)[9]이 진중한데 아장 걸어 가만가만 들어를 오더니 점고 맞고 좌부 진퇴로,

"나오."

"운담풍경근오천(雲淡風輕近午天)[10]에 양류편금(楊柳片金)에 앵앵(鶯鶯)이."

앵앵이가 들어오는데 홍상(紅裳) 자락을 에후리쳐 세요흉당에 딱 붙이고 아장 걸어 가만가만 들어오더니 점고 맞고 좌부 진퇴로,

"나오."

사또 분부하되,

"자주 부르라."

"예."

호장이 분부 듣고 넉자 화도로 부르는데,

"광한전 높은 집에 헌도(獻桃)[11]하던 고운 선비(仙妃)하던 고

---

6) 비단 버선.
7) 화씨의 옥과 같이.
8) 미상(未詳).
9) 행동.
10) 구름은 엷고 바람은 가벼워 오천에 가까운데.
11) 반도(蟠桃)를 바침.

운 선비(仙妃기) 반기 보니 계향(桂香)이."

"예, 등대하였소."

"송하(松下)에 저 동자야, 묻노라 선생 소식 수펍평산(數疊靑山)에 운심(雲心)이."

"예, 등대하였소."

"월궁에 높이 올라 계화를 꺾어 애절(愛折)이."

"예, 등대하였소."

"차문주가하처재(借問酒家何處在)요, 목동요지(牧童遙指) 행화(杏花)."

"예, 등대하였소."

"아미산월반륜추(峨眉山月半輪秋) 영입평강(影入平羌)[1]에 강선(江仙)이."

"예, 등대하였소."

"오동 복판 거문고 타고 나니 탄금(彈琴)이."

"예, 등대하였소."

"8월 부용(芙蓉) 군자 용(蓉)은 만당추수(滿塘秋水) 홍련(紅蓮)이."

"예, 등대하였소."

"주홍당사(朱紅唐絲)[2] 갖은 매듭 차고 나니 금낭(錦囊)이."

"예, 등대하였소."

사또 분부하되,

"한숨에 열 두서너씩 불러라."

호장이 분부 듣고, 자주 부르는데,

---

1) 아미산 위에는 상현(上弦)의 가을 달이 걸려 있고 그 그림자는 평갱강수에 흐르는도다.

2) 주홍색 당팔사.

"양대선(陽臺仙), 월중선(月中仙), 화중선(花中仙)이."

"예, 등대하였소."

"금선(錦仙)이, 난옥(蘭玉)이, 홍옥(紅玉)이."

"농옥(弄玉)이, 난옥(蘭玉)이, 홍옥(紅玉)."

"예, 등대하였소."

"바람맞은 낙춘(落春)이."

"예, 등대 들어를 가오"

낙춘이가 들어를 오는데 제가 잔뜩 맵시 있게 들어오는 체하고 들어오는데 세면(洗面)한단 말은 듣고 이마빡에서 시작하여 귀 뒤까지 파 제치고 분성적(粉成赤)[3]한단 말은 들었던가 개분 석 냥(兩) 일곱 돈어치를 무지금[4]하고 사다가 성(城) 겉에 회칠하듯 반죽하여 온 낯에다 맥질하고 들어오는데, 키는 사근내(沙斤乃)[5] 장승만한 년이 치맛자락을 훨씬 추어다 턱밑에 딱 붙이고 무논의 고니[6] 걸음으로 찔룩 껑충껑충 엉금엉금 섭쩍 들어오더니 점고 맞고,

"나오."

연연(娟娟)히 고운 기생 그중에 많건마는 사또께옵서는 근본 춘향의 말을 높이 들었는지라 아무리 들으시되, 춘향 이름 없는지라 사또 수노 불러 묻는 말이,

"기생 점고 다 되어도 춘향은 안 부르니 퇴기냐?"

수노 여쭈오되,

---

3) 얼굴을 화장하는 데 연지 같은 것은 많이 쓰지 않고 분으로만 소박하게 꾸미는 성적.

4) 무더기 금.

5) 사근내원(沙斤乃院). 과천에서 수원으로 가는 도중에 있음.

6) 백조.

"춘향모는 기생이되 춘향은 기생이 아닙니다."

사또 문왈(問曰),

"춘향이가 기생이 아니면 어찌 규중에 있는 아이 이름이 높이 난다[1]."

수노 여쭈오되,

"근본 기생의 딸이옵고 덕색이 장한고로, 권문세족 양반네와 일등재사 한량들과 내려오신 등내(等內)[2]마다 구경코자 간청하되 춘향 모녀 불청키로 양반 상하 물론 하고 액내지간(額內之間)[3] 소인 등도 10년 1득 대면하되 언어수작 없삽더니 천장하신 연분인지 구관 사또 자제 이도령과 백년기약 맺사옵고 도령님 가실 때에 입장(入丈) 후에[4] 데려가마 당부하고 춘향이도 그리 알고 수절하여 있삽내다."

사또 분을 내어,

"이놈, 무식한 상놈인들 그게 어떠한 양반이라고 엄부시하(嚴父侍下)요 미장전 도령님이 화방에 작첩하여 살자 할꼬. 이놈, 다시는 그런 말을 입밖에 내어서는 죄를 면치 못하리라. 이미 내가 저 하나를 보려다가 못 보고 그저 말랴. 잔말 말고 불러오라."

춘향을 부르란 청령(廳令)[5]이 나는데 이방 호장 여쭈오되,

"춘향이가 기생도 아닐 뿐 아니오라 구등 사또 자제 도령님

---

1) 났느냐?
2) 벼슬아치가 그 벼슬을 살고 있는 동안.
3) 한 동아리에 든 사람.
4) 장가 든 후에.
5) 관청의 명령.

과 맹약이 중하온데 연치는 부동(不同)이나 동반(同班)⁶⁾의 분의
(分義)로 부르라기 사또 정체(正體)가 손상할까 저어하옵내다."

사또 대노하여,

"만일 춘향을 시각 지체하다가는 공형(公兄)⁷⁾ 이하로 각 청
두목을 일병태거(一並汰去)⁸⁾할 것이니 빨리 대령 못 시킬까."

육방이 소동(騷動), 각 청 두목이 넋을 잃어,

"김번수⁹⁾야, 이번수야, 이런 별일이 또 있느냐. 불쌍하다 춘
향 정절 가련케 되기 쉽다. 사또 분부 지엄하니 어서 가자 바삐
가자."

하령 관노 뒤섞여서 춘향 문전 당도하니 이때 춘향이 사령이
오는지 군노가 오는지 모르고 주야로 도령님만 생각하여 우는데
망측한 환을 당하려거든 소리가 화평할 수 있으며, 한때라도 공
방살이할 계집아이라 목성에 철성(鐵聲)¹⁰⁾이 끼어 자연 슬픈 애
원성(哀怨聲)이 되어 보고 듣는 사람의 심장인들 아니 상할소냐.

임 기뤄 설운 마음 식불감(食不甘)¹¹⁾ 밥 못 먹어 침불안석 잠
못 자고 도령님 생각 적상(積傷)되어 피골이 모두 다 상련(相
連)이라. 양기(陽氣)가 쇠진하여 진양조란 울음이 되어,

"갈까 보다 갈까 보다, 임을 따라 갈까 보다. 천리라도 갈까
보다, 만리라도 갈까 보다. 풍우도 쉬어 넘고, 날찐¹²⁾ · 수진(手

---

6) 같은 양반.
7) 삼공형(三公兄)의 준말. 조선 시대 때의 각 고을의 호장 · 이방 · 수형리의 세 관속.
8) 죄과가 있는 하급 벼슬아치를 일괄 도태하는 것.
9) 대궐에 번을 들어서 호위하는 번기수(番旗手). 성이 김씨일 때 김번수.
10) 소리가 맑지 못하고 쇠소리가 남.
11) 식불감미(食不甘味).
12) 야생의 매.

陳)[1] · 해동청(海東靑)[2] 보라매도 쉬어 넘는 고봉정상 동선령(洞仙嶺) 고개라도 임이 와 날 찾으면 나는 발 벗어 손에 들고 나는 아니 쉬어 가제. 한양 계신 우리 낭군 날과 같이 그리는가. 무정하여 아주 잊고 내의 사랑 옮겨다가 다른 임을 괴이는가[3]."

한참 이리 설이 울 때 사령 등이 춘향의 애원성을 듣고 인비목석(人非木石)이어든 감심(感心) 아니 될 수 있냐. 6천 마디 4대 삭신[4]이 낙수 춘빙 얼음 녹듯 탁 풀리어,

"대체, 이 아니 참 불쌍하냐. 이애 외입한 자식들이 저런 계집을 추앙 못 하면은 사람이 아니로다."

이때에 재촉 사령 나오면서,

"오느냐[5]."

외는 소리에 춘향이 깜짝 놀래어 문틈으로 대다보니 사령 군노 나왔구나.

"아차차 잊었네, 오늘이 그 3일 점고[6]라 하더니 무슨 야단이 났나 보다."

밀창문 열다리며,

"허허 번수님네 이리 오소 이리 오소. 오시기 뜻밖이네. 이번 신연길에 노독이나 아니 나며, 사또 정체 어떠하며 구관댁에 가 계시며, 도령님 편지 한 장도 아니하던가. 내가 전일 양반을 모시기로 이목이 번거하고, 도령님 정체 유달라서 모르는 체하였

1) 손으로 길들인 매.
2) 송골매.
3) 총애하는가.
4) 사대육신(四大六身)의 속어.
5) '오너라'의 사투리.
6) 수령이 도임한 지 3일에 부하를 점고하는 일.

건만 마음조차 없을손가. 들어가세 들어가세."

김번수며, 이번수며, 여러 번수 손을 잡고 제 방에 앉힌 후에
향단이 불러,

"주반상 들여라."

취토록 먹인 후에 궤문(櫃門) 열고 돈 닷 냥을 내어놓며,

"여러 번수님네, 가시다가 술이나 잡숫고 가옵소. 뒷말 없게
하여 주소."

사령들이 약주를 취하여 하는 말이,

"돈이라니 당치 않다. 우리가 돈 바라고 네게 왔냐."

하며,

"들여 놓아라."

"김번수야, 네가 차라."

"불가타마는 닢 수나 다 옳으냐."

돈 받아 차고 흐늘흐늘 들어갈 때 행수 기생이 나온다. 행수
기생이 나오며 두 손뼉 땅땅 마주 치면서,

"여봐라, 춘향아. 말 듣거라. 너만한 정절은 나도 있고 너만
한 수절은 나도 있다. 네라는 정절이 왜 있으며, 네라는 수절이
왜 있느냐. 정절부인 애기씨, 수절부인 애기씨, 조그마한 너 하
나로 망연하여[7] 육방이 소동(騷動) 각청 두목이 다 죽어 난다.
어서 가자 바삐 가자."

춘향이 할 수 없어 수절하던 그 태도로 대문 밖 썩 나서며,

"형님 형님 행수 형님, 사람의 괄시를 그리 마소. 게라는 대
대 행수며 내라야 대대 춘향인가. 인생일사도무사(人生一死都無

---

7) 인연하여.

事)¹¹지 한 번 죽지 두 번 죽나."

이리 비틀 저리 비틀 동헌에 들어가,

"춘향이 대령하였소."

사또 보시고 대희하여,

"춘향일시 분명하다. 대상으로 오르거라."

춘향이 상방에 올라가 염슬단자(斂膝端坐)뿐이로다.

사또 대혹하여,

"책방에 가 회계(會計)²¹ 나리님³¹을 오시래라."

회계 생원이 들어오던 것이었다. 사또 대희하여,

"자네 보게, 제게 춘향일세."

"하, 그년 매우 예쁜데 잘생겼소. 사또께서 서울 계실 때부터 춘향 춘향 하시더니 하번 구경할 만하오."

사또 웃으며,

"자네 중신하겠나."

이윽히 앉았더니,

"사또이 당초에 춘향을 부르시지 말고 매파를 보내어 보시는 게 옳은 것을 일이 좀 경(輕)이 되었소마는 이미 불렀으니 아마도 혼사할밖에 수가 없소."

사또 대희하여 춘향더러 분부하되,

"오늘부터 몸단장 정히 하고, 수청으로 거행하라."

"사또 분부 황송하나, 일부종사 바라오니 분부 시행 못 하겠소."

---

1) 인생은 한 번 죽으면 아무 일도 없게 된다.
2) 금품의 출납에 관한 사무를 보는 사람.
3) 저보다 지체가 높은 사람을 높여 일컫는 말.

사또 웃어 가로되,

"미재미재(美哉美哉)라. 계집이로다. 네가 진정 열녀로다. 네 정절 굳은 마음 어찌 그리 어여쁘냐, 당연한 말이로다. 그러나 이수재(李秀才)는 경성 사대부의 자제로서 명문귀족 사위가 되었으니 일시 사랑으로 잠깐 노류장화(路柳牆花)하던 너를 일분 생각하겠느냐. 너는 근본 절행 있어 전수일절(專守一節)하였다가 홍안이 낙조(落潮)되고 백발이 난수(亂垂)하면 무정세월약류파(無情歲月若流波)[4]를 탄식할 때, 불쌍코 가련한 게 너 아니면 뉘가 기랴. 네 아무리 수절한들 열녀 포양(襃揚)[5] 뉘가 하랴. 그는 다 버려두고 네 골 관장에게 매임이 옳으냐, 동자놈에게 매인 게 옳으냐, 네가 말을 좀 하여라."

춘향이 여쭈오되,

"충신불사이군(忠臣不事二君)이요, 열불경이부절(烈不更二夫節)을 본받고자 하옵는데, 수차 분부 이러하니 생불여사(生不如死)이옵고 열불경이부(烈不更二夫)오니 처분대로 하옵소서."

이때 회계 나리가 썩 하는 말이,

"네 여봐라. 어, 그년 요망한 년이로고. 부유일생소천하(蜉蝣一生小天下)[6]에 일색이라, 네 여러 번 사양할 게 무엇이냐. 사또께옵서 너를 추앙하여 하시는 말씀이제 너 같은 창기배(娼妓輩)에게 수절이 무엇이며 정절이 무엇인가. 구관은 전송하고 신관 사또 연접함이 법전[7]에 당연하고 사례에도 당연커든 고이한 말

---

4) 무정한 세월이 흐르는 물결과 같음.
5) 칭찬하여 장려함.
6) 하루살이의 좁은 일생.
7) 특별한 사항에 관한 법규를 체계를 세워서 편별(編別)로 조직한 성립 법규집.

96

내지 마라. 너희 같은 천기배에게 충렬 두 자 왜 있으리."

이때 춘향이 하 기가 막혀 천연히 앉아 여쭈오되,

"충효열녀 상하 있소. 자상히 듣조시요. 기생으로 말합시다. 충효열녀 없다 하니 낱낱이 아뢰리다. 해서(海西)¹⁾ 기생 농선이는 동선령(洞仙嶺)에 죽어 있고, 선천(宣川) 기생 아이로되 칠거학문 들어 있고, 진주(晋州) 기생 논개는 우리 나라 충렬로서 충렬문에 모셔 놓고 천추 향사(享祀)하여 있고, 청주(淸州) 기생 화월(花月)이는 삼층각에 올라 있고, 평양(平壤) 기생 월선(月仙)이도 충렬문에 들어 있고, 안동(安東) 기생 일지홍(一枝紅)은 생열녀문 지은 후에 정경(貞敬) 가자(加資) 있사오니 기생 해폐 마옵소서."

춘향 다시 사또 전에 여쭈오되,

"당초에 이 수재 만날 때에 태산(泰山) 서해(西海) 굳은 마음 소처의 일심정절 맹분(孟賁)²⁾ 같은 용맹인들 빼어나지 못할 터요, 소진(蘇秦)³⁾·장의(張儀)⁴⁾ 구변(口辯)인들 첩의 마음 옮겨 가지 못할 터요, 공명 선생⁵⁾ 높은 재조(才操) 동남풍은 빌었으되, 일편단심 소녀 마음 굴복치 못하리라. 기산(箕山)의 허유(許由)⁶⁾는 부족수요거천(不足受堯擧薦)하고⁷⁾ 서산의 백숙(伯

1) 황해도.
2) 옛날의 용사.
3) 중국 전국 시대의 낙양인. 자는 계자.
4) 중국 전국 시대 위나라의 모사.
5) 제갈량.
6) 고대 중국의 고사(高士). 요임금이 왕위를 물려주려 하자 받지 않고 더러운 말을 들었다 해서 자기의 귀를 영천에 가서 씻었다고 함.
7) 족히 요(堯)의 천거를 받지 않고.

叔)[8] 양인은 불식주속(不食周粟)하였으니 만일 허유 없었으면 고도지사(高蹈之士)[9] 뉘가 하며, 만일 백이 숙제 없었으면 난신 적자(亂臣賊子) 많으리라. 첩신이 수(雖) 천한 계집인들 허유 백(伯)을 모르리까. 사람의 첩이 되어 배부기가(背夫棄家)[10]하는 법이 벼슬하는 관장임네 망국부주(亡國負主)[11] 같사오니 처분대로 하옵소서."

사또 대노하여,

"이년, 들어라. 모반대역(謀反大逆)[12]하는 죄는 능지처참[13]하여 있고, 조롱관장[14]하는 죄는 제서율(制書律)[15]에 율 써 있고, 거역관장하는 죄는 엄형 정배[16]하느니라. 죽노라 서러 마라."

춘향이 포악하되,

"유부녀 겁탈하는 것은 죄 아니고 무엇이요."

사또 기가 막혀 어찌 분하던지 연상(硯床)을 두드릴 때, 탕건[17]이 벗어지고, 상투고가 탁 풀리고 대마디에 목이 쉬어,

"이년 잡아 내리라."

호령하니 골방에 수청 통인,

"예."

---

8) 백이와 숙제.
9) 속세를 떠나 은거하는 선비.
10) 지아비를 배반하고 집을 버림.
11) 나라를 잊고 임금을 등짐.
12) 나라를 전복시키고 국토의 점령을 도모하는 일.
13) 머리 · 손 · 발 · 몸을 토막치던 극형.
14) 관장(官長)을 비웃고 놀림.
15) 조칙(詔勅)를 정해 귀양을 보냄.
16) 배소(配所)를 정해 귀양을 보냄.
17) 옛날 벼슬아치가 갓 아래에 받쳐 쓰던 관.

98

하고 달려들어 춘향의 머리채를 주르르 끄어내며,

"급창."

"예."

"이년 잡아 내리라."

춘향이 떨치며,

"놓아라."

중계(中階)¹⁾에 내려가니 급창이 달려들어,

"요년 요년, 어떠하신 존전이라고 대답이 그러하고 살기를 바랄소냐."

대뜰 아래 내리치니 맹호 같은 군노·사령 벌떼같이 달려들어 감태(甘苔)²⁾ 같은 춘향의 머리채를 선전시정(縇廛市井) 연(鳶)실 감듯, 뱃사공의 닻줄 감듯, 4월 8일 등(燈) 대 감듯, 휘휘친친 감아쥐고 동당이쳐 엎지르니 불쌍타 춘향 신세 백옥 같은 고운 몸이 육자배기로 엎더졌구나. 좌우 나졸 늘어서서 능장(稜杖)³⁾ 곤장(棍杖)⁴⁾ 형장(刑杖)⁵⁾이며 주장(朱杖)⁶⁾ 짚고,

"아뢰라, 형리 대령하라."

"예, 숙이라 형리요."

사또 분이 어찌 났던지 벌벌 떨며 기가 막혀 허푸허푸 하며,

"여보아라. 그년에게 다짐이 왜 있으리, 묻도 말고 형틀에 올려매고 정치를 부수고 물고장(物故狀)⁷⁾을 올려라."

1) 가옥의 기초가 되도록 한 층을 높게 쌓아 올린 단(壇).
2) 김의 일종.
3) 대궐 문의 출입을 금하려고 어긋맞게 세운 둥근 나무.
4) 조선 시대 때 도둑이나 군율을 어긴 죄인의 볼기를 치는 형구의 하나.
5) 죄인을 신문할 때 쓰는 몽둥이.
6) 붉은 칠을 한 몽둥이.

춘향을 형틀에 올려매고 쇄장(鎖匠)[8]이 거동 봐라. 형장이며, 태장이며, 곤장이며 한 아름 담쑥 안아다가 형틀 아래 좌르륵 부딪치는 소리 춘향의 정신이 혼미한다. 집장사령(執杖使令)[9] 거동 봐라. 이놈도 잡고 능청능청, 저놈도 잡고서 능청능청, 등심 좋고 빳빳하고 잘 부러지는 놈 골라 잡고 오른 어깨 벗어 메고 형장 집고 대상(臺上) 청령(廳令) 기다릴 때,

"분부 뫼와라. 네 그년을 사정 두고 허장(虛杖)하여서는 당장에 명(命)을 바칠 것이니 각별히 매우 치라."

집장사령 여쭈오되,

"사또 분부 지엄한데 저만한 년을 무슨 사정 두오리까. 이년 다리를 까딱 말라. 만일 요동하다가는 뼈 부러지리라."

호통하고 들어서서 검장(檢杖) 소리 발 맞추어 서면서 가만히 하는 말이,

"한두 개만 견디소. 어쩔 수가 없네. 요 다리는 요리 틀고 자 다리는 저리 틀소."

"매우 치라."

"예잇 대리요."

딱 붙이니 부러진 형장개비는 푸르르 날아 공중에 빙빙 솟아 상방 대뜰 아래 떨어지고 춘향이는 아무쪼록 아픈 데를 참으려고 이를 복복 갈며 고개만 빙빙 두르면서,

"애고, 이게 웬일이어."

곤장·태장 치는 데는 사령이 서서 하나 둘 세건마는 형장부

100

터는 법장(法杖)이라 형리와 통인이 닭싸움하는 모양으로 마주
엎뎌서 하나 치면 하나 긋고, 둘 치면 둘 긋고, 무식하고 돈 없
는 놈 술집 바람벽에 술값 긋듯 그어 놓니, 한 일(一) 자가 되었
구나. 춘향이는 저절로 설움겨워 맞으면서 우는데,

"일편단심 굳은 마음 일부종사 뜻이오니 일개형벌 치옵신들
일(一)년이 다 못 가서 일각인들 변하리까."

이때 남원부 한량이며 남녀노소 없이 모여 구경할 때 좌우의
한량들이,

"모지구나 모지구나, 우리 골 원님이 모지구나. 저런 형벌이
왜 있으며, 저런 매질이 왜 있을까. 집장사령놈 눈 익혀 두어
라. 삼문 밖 나오면 급살을 주리라."

보고 듣는 사람이야 누가 아니 낙루하랴. 둘째 날 딱 붙이니,

"이부절(二夫節) 아옵는데 부경이부(不更二夫)이 내 마음 이
매 맞고 영 죽어도 이도령은 못 잊겠소."

셋째 낱을 딱 붙이니,

"삼종지례(三從之禮)[1] 지중한 법 삼강오륜 알았으니 삼치형
문(三致刑問)[2] 정배를 갈지라도 삼청동 우리 낭군 이도령은 못
잊겠소."

넷째 낱을 딱 붙이니,

"사대부 사또님은 사민공사(四民公事)[3] 살피잖고 위력공사
(威力公事) 힘을 쓰고 48방(坊)[4] 남원 백성 원망함을 모르시오.

---

1) 봉건 시대에 여자가 지켜야 할 세 가지의 예의 도덕. 어렸을 때는 어버이를 좇고, 시집
   가서는 남편을 좇고, 남편이 죽은 다음에는 아들을 좇으라는 것.
2) 세 차례의 형문.
3) 사민(四民)에 관한 공사(公事).
4) 44방의 잘못. 〈조선여지도〉에 남원 44방이라 되어 있음.

사지를 가른대도 사생동거 우리 낭군 사생간에 못 잊겠소."

다섯 낱째 딱 붙이니,

"오륜(五倫) 윤기(倫氣) 그치잖고 부부유별 오행으로 맺은 연분 올올이 찢어낸들 오매불망 우리 낭군 온전히 생각나네. 오동주야 밝은 달은 임 계신 데 보련마는 오늘이나 편지 올까, 내일이나 기별 올까. 무죄한 이내 몸이 악사(惡死)할 일 없사오니 오결죄수(誤決罪囚)[5] 마옵소서. 애고 애고 내 신세야."

여섯 낱에 딱 붙이니,

"66은 36으로 낱낱이 고찰하여 6만 번 죽인대도 6천 마디 어린 사랑 맺힌 마음 변할 수 전혀 없소."

일곱 낱을 딱 붙이니,

"칠거지악(七去之惡) 범하였소? 칠거지악 아니거든 칠개형문[6] 웬일이요. 칠척검 드는 칼로 동동이 장글러서[7] 이제 바삐 죽여주오. 치라 하는 저 형방아, 칠 때마다 고찰 마소. 칠보홍안(七寶紅顔) 나 죽겠네."

여덟째 날 딱 붙이니,

"팔자 좋은 춘향 몸이 팔도 방백 수령님네 치민하러 내려왔지 악형하러 내려왔소."

아홉 낱째 딱 붙이니,

"구곡간장(九曲肝腸) 구부 썩어 이내 눈물 구년지수(九年之水) 되겠구나. 구고(九皐) 청산 장송 베어 청강선(淸江船) 무어[8]

---

5) 죄수로 잘못 처결함.
6) 일곱 가지의 형문.
7) 잘라 내어.
8) '모으다'(축조)의 옛말.

타고 한양성중 급히 가서 구중궁궐 성상전에 구구 원정 주달하
고 구정(九庭)¹⁾ 뜰에 물려나와 삼청동을 찾아가서 우리 사랑 반
가이 만나 굽이굽이 맺힌 마음 져근 듯 풀련마는."

열째 낱 딱 붙이니,

"십생구사(十生九死)할지라도 80년 정한 뜻을 10만 번 죽인대
도 가망 없고 무가내지, 16세 어린 춘향 장하원귀(杖下寃鬼)²⁾ 가
련하오."

열 치고는 짐작할 줄 알았더니 열 다섯째 딱 붙이니,

"십오야 밝은 달은 떼 구름에 묻혀 있고, 서울 계신 우리 낭
군 삼청동에 묻혔으니 달아 달아 보느냐. 임 계신 곳 나는 어이
못 보는고."

스물 치고 짐작할까 여겼더니 스물 다섯 딱 붙이니,

"이십오현탄야월(二十五絃彈夜月)³⁾에 불승청원(不勝淸怨) 저
기러기 너 가는 데 어디메냐. 가는 길에 한양성 찾아들어 삼청
동 우리 임께 내 말 부디 전해다고. 내의 형상 자세 보고, 부디
부디 잊지 마라."

33천 어린 마음 옥황전에 아뢰고저. 옥 같은 춘향 몸에 솟느
니 유혈이요, 흐르느니 눈물이라. 피눈물 한데 흘러 무릉도원
홍류수라. 춘향이 점점 포악하는 말이,

"소녀를 이리 말고 살지능지(殺之陵遲)⁴⁾하여 아주 박살 죽여
주면 사후 원조(怨鳥)⁵⁾라는 새가 되어 초혼조(楚魂鳥)⁶⁾ 함께 울

---

1) 구단(九段)의 계단.
2) 매를 맞고 죽은 원통한 귀신.
3) 25현을 달밤에 타니 맑은 원망을 이기지 못해 날아왔노라.
4) 능지처참과 같음.
5) 자규의 다른 이름.

어 적막공산 달 밝은 밤에 우리 이도령님 잠든 후 파몽이나 하여지다."

말 못하고 기절하니 엎뎠던 통인 고개 들어 눈물 씻고, 매질하던 저 사령도 눈물 씻고 돌아서며,

"사람의 자식은 못 하겠네."

좌우에 구경하는 사람과 거행하는 관속들이 눈물 씻고 돌아서며,

"춘향이 매 맞는 거동 사람 자식은 못 보겠다. 모지도다 모지도다. 춘향 정절이 모지도다. 출천열녀(出天烈女)로다."

남녀노소 없이 서로 낙루하며 돌아설 때 사또인들 좋을 리가 있으랴.

"네 이년, 관정에 발악하고 맞으니 좋은 게 무엇이냐. 일후에 또 그런 거역 관장할까."

반생반사 저 춘향이 점점 포악하는 말이,

"여보 사또 들으시오. 일념포한(一念抱恨) 부지생사(不知生死) 어이 그리 모르시오. 계집의 곡한 마음 오뉴월에 서리 칩네. 혼비중천 다니다가 우리 성군 좌정하에 이 원정을 아뢰오면 사또인들 무사할까. 덕분에 죽여 주오."

사또 기가 막혀,

"허허 그년 말 못할 년이로고. 큰칼 씌워 하옥하라."

하니 큰칼 씌워 인봉(印封)[7]하여 쇄장이 등에 업고 삼문 밖 나올 때 기생들이 나오며,

---

6) 초회왕 웅괴가 장의에게 속아서 진(秦)의 무관(武關)에 들어갔다가 억류되어 죽은 뒤에 화해서 새가 되었다 함.
7) 봉한 물건에 인장을 찍어 함부로 떼지 못하게 함.

"애고 서울집아, 정신차리게. 애고 불쌍하여라."

사지를 만지며 약을 갈아 드리며 서로 보고 낙루할 때, 이때 키 크고 속 없는 낙춘이가 들어오며,

"얼씨고 절씨고 좋을씨고, 우리 남원도 현판(懸板)감이 생겼구나."

왈칵 달려들어,

"애고 서울집아, 불쌍하여라."

이리 야단할 때 춘향 어미가 이 말을 듣고 정신없이 들어오더니 춘향의 목을 안고,

"애고, 이게 웬일이냐. 죄는 무슨 죄며 매는 무슨 매냐. 장청[1]의 집사님네, 길청[2]의 이방님 내 딸이 무슨 죄요. 장군방(將軍房)[3] 두목들아, 집장하던 쇄장이도 무슨 원수 맺혔더냐. 애고 애고 내 일이야, 70 당년 늙은 것이 의지 없이 되었구나. 무남독녀 내 딸 춘향 규중에 은근히 길러 내어 밤낮으로 서책만 놓고 내측(內則篇)[4] 공부 일삼으며 날 보고 하는 말이, 마오 마오 설워 마오, 아들 없다 설워 마오, 외손봉사(外孫奉祀) 못 하리까. 어미에게 지극정성 곽거(郭巨)[5]와 맹종(孟宗)[6]인들 내 딸보다 더 할손가. 자식 사랑하는 법이 상중하가 다를손가. 이 내 마음 둘 데 없네. 가슴에 불이 붙어 한숨이 연기로다. 김번수야, 이번수야, 웃 영이 지중타고 이다지 몹시 쳤느냐. 애고 내 딸 장

---

1) 지방 관아와 감영에 딸린 장교의 직소.
2) 관아에서 아전이 집무하던 곳.
3) 장청(將廳)과 같음. 장군방은 조선 시대 초에 장군 이상이 모여 군사를 의논하던 곳.
4) 《예기》의 편명(篇名). 가정 생활의 예법이 적혀 있음.
5) 후한 시대의 24 효자 중 한 사람.
6) 삼국 시대 오나라 강하 사람. 효자.

처(杖處)[7] 보소. 빙설 같은 두 다리에 연지(臙脂) 같은 피 비쳤
네. 명문가 규중부(閨中婦)야 눈먼 딸도 원하더라. 그런 데 가
못생기고 기생 월매 딸이 되어 이 경색이 웬일이냐. 춘향아 정
신 차려라. 애고 애고 내 신세야."

하며,

"향단아, 삼문 밖에 가서 삯군 둘만 사오너라. 서울 쌍급주
(雙急走)[8] 보내련다."

춘향이 쌍급주 보낸단 말을 듣고,

"어마니 마오, 그게 무슨 말씀이요. 만일 급주가 서울 올라가
서 도령님이 보시면 층층시하에 어찌할 줄 몰라 심사 울적하여
병이 되면 근들 아니 훼절(毁節)[9]이요, 그런 말씀 마시고 옥으
로 가사이다."

쇄장의 등에 업혀 옥으로 들어갈 때 향단이는 칼머리 들고 춘
향모는 뒤를 따라 옥문전 당도하여,

"옥 형방 문을 열소. 옥 형방도 잠들었나."

옥중에 들어가서 옥방 형장 볼작시면 부서진 죽장 틈에 살쏘
느니 바람이요, 무너진 헌 벽이며 헌 자리 벼룩, 빈대 만신을
침노한다. 이때 춘향이 옥방에서 장탄가로 울던 것이었다.

"이 내 죄가 무슨 죄냐. 국곡투식(國穀偸食)[10] 아니거든 엄형
중장 무슨 일고. 살인죄인 아니거든 항쇄(項鎖)[11] 족쇄(足鎖)[12]

---

7) 형장을 맞은 곳.
8) 두 살마의 급주. 급주는 각 역에 배치된 주졸(走卒).
9) 절개를 깨뜨림.
10) 나라 곡식을 도둑질해 먹는 것.
11) 목에 씌우는 칼.
12) 발에 채우는 쇠사슬.

웬일이며, 역률(逆律) 강상(綱常) 아니거든 사지결박 웬일이며,
음행도적(淫行盜賊) 아니거든 이 형벌이 웬일인고. 삼강수는 연
수(硯水)되어 청천일장지(靑天一張紙)에 내의 설움 원정(原情)
지어 옥황전에 올리고저. 낭군 길워[1] 가슴 답답 불이 붙네. 한
숨이 바람되어 불을 더 붙이니 속절없이 나 죽겠네. 홀로 섰는
저 국화는 높은 절개 거룩하다. 눈 속의 청송은 천고절(千古節)
을 지켰구나. 푸른 솔은 날과 같고 누른 국화 낭군같이 슬픈 생
각 뿌리나니 눈물이요, 쉬난이 한숨이라. 한숨은 청풍 삼고 눈
물은 세우(細雨) 삼아 청풍이 세우를 몰아다가 불거니 뿌리거니
임의 잠을 깨우고서. 견우 직녀성은 칠석 상봉하올 적에 은하수
막혔으되 실기(失期)한 일 없었건만 우리 낭군 계신 곳에 무슨
물이 막혔는지 소식조차 못 듣는고. 살아 이리 기루느니 아주
죽어 잊고지고. 차라리 이 몸이 죽어 공산에 두견이 되어 이화
월백(梨花月白) 야삼경에 슬피 울어 낭군 귀에 들리고저. 청강
에 원앙 되어 짝을 불러 다니면서 다정코 우정함을 임의 눈에
보이고저. 삼촌의 호접되어 향기 묻힌 두 날개로 춘광을 자랑하
여 낭군 옷에 붙고지고. 청산에 명월 되어 밤 당하면 돋아올라
명월이 맑은 빛을 임의 얼굴에 비치고저. 이내 간장 썩는 피로
임의 화상 그려내어 방문 앞에 족자 삼아 걸어 두고 들며 나며
보고지고. 수절·정절 절대가인 참혹하게 되었구나. 문채 좋은
형산백옥(荊山白玉) 진토 중에 묻혔는 듯, 향기로운 상산초(商
山草)[2]가 잡풀 속에 섞였는 듯, 오동 속에 놀던 봉황 형극(荊棘)

---

1) 그리워서.
2) 상산사호의 자지초.

속에 길들인 듯, 자고로 성현네도 무죄하고 국계시니³⁾ 요순우
탕(堯舜禹湯) 인군(仁君)네도 걸주(桀紂)⁴⁾의 포악으로 하대옥⁵⁾
에 갇혔더니 도로 놓여 성군 되시고 명덕 치민 주문왕(周文王)
도 상주(商紂)의 해를 입어 우리옥⁶⁾에 갇혔더니 도로 놓여 성
군되고, 만고성현 공부자(孔夫子)도 양호(陽虎)⁷⁾의 얼을 입어
광야(匡野)⁸⁾에 갇혔더니 도로 놓여 대성되시니, 이런 일로 볼
작시면 죄없는 이 내 몸도 살아나서 세상 구경 다시 할까. 답답
하고 원통하다. 날 살릴 이 뉘 있을까. 서울 계신 우리 낭군 벼
슬길로 내려와 이렇듯이 죽어갈 때 내 목숨을 못 살린가. 하운
(夏雲)의 다기봉(多奇峰)하니 산이 높아 못 오던가, 금강산 상
상봉이 평지 되거든 오려신가, 병풍에 그린 황계(黃鷄) 두 날개
를 툭툭치며 사경(四更) 일점에 날 새라고 우거든 오려신가, 애
고 애고 내 일이야."

　죽창문(竹窓文)을 열따리니 명정월색(明淨月色)은 방안에 든
다마는 어린 것이 홀로 앉아 달더러 묻는 말이,

　"저 달아 보느냐. 임 계신 데 명기(明氣)⁹⁾ 빌려라. 나도 보게
야 우리 임이 누웠더냐 앉았더냐, 보는 대로만 네가 일러 내의
수심 풀어다오."

　애고 애고 설이 울다 홀연히 잠이 드니 비몽사몽간에 호접(胡

---

　3) 궂기었으니, 즉 잘 되지 않았으니.
　4) 하나라 말기의 군주.
　5) 원문에는 함진옥으로 되어 있으며, 하후씨의 감옥 이름.
　6) 중국 고대 은나라 때의 감옥 이름.
　7) 춘추 시대의 노나라 사람.
　8) '광'은 춘추 시대 송나라의 지명. 지금의 하남성 휴현의 서쪽. 광(匡)의 들.
　9) 밝은 기운.

蝶)이 장주(莊周)[1] 되고 장주가 호접되어 세우같이 남은 혼백
바람인 듯 구름인 듯 한 곳을 당도하니 천공지활(天空地濶)하고
산령수려(山靈水麗)한데 은은한 죽림간에 일층 화각이 반공에
잠겼거늘 대체 귀신 다니는 법은 대풍기(大風起)하고 승천입지
(昇天入地)하니 침상편시춘중(枕上片時春中)에 행진강남수천리
(行盡江南數千里)[2]라, 전면을 살펴보니 황금대자로 만고정렬 황
릉지묘(黃陵之廟)라 뚜렷이 붙였거늘 심신이 황홀하여 배회터
니 천연한 낭자 셋이 나오는데, 석숭(石崇)[3]의 애첩 녹주(綠
酒)[4] 등롱을 들고, 진주 기생 논개, 평양 기생 월선이라. 춘향을
인도하여 내당으로 들어가니 당상에 백의한 두 부인이 옥수를
들어 청하거늘 춘향이 사양하되,

"진세간(塵世間) 천첩이 어찌 황릉묘를 오르리까."

부인이 기특히 여겨 재삼 청하거늘 사양치 못하여 올라가니
좌(座)를 주어 앉힌 후에,

"네가 춘향인가, 기특하도다. 일전에 조회차(朝會次)로 요지
연(瑤池宴)에 올라가니 네 말이 낭자키로 간절히 보고 싶어 네
를 청하였으니 심히 불안토다."

춘향이 재배 주왈,

"첩이 비록 무식하나 고서를 보옵고 사후에나 존안을 뵈올까
하였더니 이렇듯 황릉묘에 모시니 황공비 감하여이다."

상군부인(湘君夫人)[5] 말씀하되,

---

1) 전국 시대의 사상가, 도학자. 이름은 주. 송나라 사람.
2) 베개 위의 잠깐 동안의 봄꿈중에 강남 수천리를 다 갔도다.
3) 진(晋)나라 남피인(南皮人). 포(苞)의 차자(次子). 부호이며 형주 자사까지 지냄.
4) 진(晋)나라 기생으로 석숭의 첩.
5) 순임금의 비인 아황과 여영.

"우리 순군(舜君) 대순씨(大舜氏)가 남순수(南巡狩)하시다가
창오산(蒼梧山)에 붕(崩)하시니 속절없는 이 두 몸이 소상죽림
(瀟湘竹林)에 피눈물을 뿌려 놓니 가지마다 아롱아롱 잎잎이 원
한이라. 창오산붕상수절(蒼梧山崩湘水絶)이라야 죽상지루내가멸
(竹上之淚乃可滅)을 천추에 깊은 한을 하소할 곳 없었더니 네 절
행이 기특키로 너더러 말하노라. 송건[6] 기천년에 청백[7]은 어느
때며 오현금(五絃琴)[8] 남풍시를 이제까지 전하더냐."

이렇듯이 말씀할 때 어떠한 부인,

"춘향아, 나는 기주 명월 음도성에 화선하던 농옥(弄玉)[9]일
다. 소사(簫史)의 아내로서 태화산(太華山) 이별 후에 승룡비거
(乘龍飛去) 한이 되어 옥소(玉簫)로 원을 풀 때 곡종비거부지처
(曲終飛去不知處)하니 산하벽도춘자개(山下碧桃春自開)라[10]."

이러할 때 또 한 부인 말씀하되,

"나는 한궁녀(漢宮女) 소군(昭君)이라 호지(胡地)에 오가(五
稼)하니 일배청총(一坏靑塚)뿐이로다. 마상(馬上) 비파(琵琶) 한
곡조에 화도성식춘풍면(畵圖省識春風面)이요, 환패공귀월야혼
(環佩空歸月夜魂)이라[11], 어찌 아니 원통하랴."

한참 이러할 때 음풍이 일어나며 촛불이 벌렁벌렁하며 무엇
이 촛불 앞에 달려들거늘 춘향이 놀래어 살펴보니 사람도 아니

---

6) 미상(未詳).
7) 미상(未詳).
8) 순임금이 타던 거문고.
9) 진목공의 딸이며 소사의 아내.
10) 곡조가 끝나자 날아가니 자취를 모르겠고, 산 밑에 벽도화만 봄에 스스로 피었도다.
11) 그린 그림을 봐서 왕소군의 아름다움을 알겠고, 환패 소리로 부질없게 월야에 혼이 돌
   아왔도다.

요 귀신도 아닌데 의의한 가운데 곡성이 낭자하며,

"여봐라 춘향아, 네가 나를 모르리라. 나는 뉜고 하니 한고조(漢高祖) 아내 척부인(戚夫人)[1]이로다. 우리 황제 용비(龍飛)[2] 후에 여후(呂后)의 독한 솜씨 나의 수족 끊어내어 두 귀에다 불지르고 두 눈 빼어 음약(瘖藥)[3] 먹여 칙간 속에 넣었으니 천추에 깊은 한을 어느 때나 풀어 보랴."

이리 울 때 상군부인 말씀하되,

"이곳이라 하는 데가 유명(幽明)이 노수(路殊)하고 행오자별(行五自別)하니 오래 유치 못할지라."

여동 불러 하직할새 동방(洞房) 실솔성(蟋蟀聲)은 시르렁, 일상호접은 펄펄, 춘향이 깜짝 놀라 깨어 보니 꿈이로다. 옥창앵도화(玉窓櫻桃花) 떨어져 보이고, 거울 복판 깨어져 뵈고, 문 위의 허수아비 달려 보이거늘,

"나 죽을 꿈이로다."

수심 걱정 밤을 샐 때 기러기 울고 가니 일편 서강(西江) 달에 행안남비(行雁南飛) 네 아니냐. 밤은 깊어 삼경이요, 궂은비는 퍼붓는데 도깨비 삑삑, 밤 새소리 붓붓, 문풍지는 펄렁펄렁, 귀신이 우는데 난장 맞아 죽은 귀신, 형상 맞아 죽은 귀신, 결령치사(結領致死)[4] 대롱대롱 목 매달아 죽은 귀신, 사방에서 우는데 귀곡성이 낭자로다 방안이며, 추녀 끝이며, 마루 아래 서도 애고 애고 귀신 소리에 잠들 길이 전혀 없다. 춘향이가 처음

---

1) 한고조의 총희(寵姬).
2) 천제(天帝)의 등극을 말함인데, 여기서는 별세를 말하고 있음.
3) 먹으면 벙어리가 되는 약.
4) 목을 매달아 죽임.

에는 귀신 소리에 정신이 없이 지내더니, 여러 번을 들어나니 파겁(破怯)⁵⁾이 되어 청신(請神)⁶⁾ 국거리⁷⁾ 삼잡이⁸⁾ 세악(細樂) 소리로 알고 들으며,

"이 몹쓸 귀신들아, 나를 잡아가려거든 조르지나 말려무나. 암급급 여율영사바(唵急急 如律令娑婆)쐐."

진언 치고 앉았을 때, 옥 밖으로 봉사(奉事) 하나 지나가되 서울 봉사 같을진대,

"문수(問數)⁹⁾하오."

외련마는 시골 봉사라.

"문복(問卜)하오."

하며 외고 가니 춘향이 듣고,

"여보, 어머니 저 봉사 좀 불러 주오."

춘향 어미 봉사를 부르는데,

"여보, 저기 가는 봉사님."

불러 놓니 봉사 대답하되,

"게 뉘기, 게 뉘기니."

"춘향 어미요."

"어찌 찾나."

"우리 춘향이가 옥중에서 봉사님을 잠시 오시라 하오."

봉사 한번 웃으면서,

"날 찾기 의외로세, 가제."

---

5) 장형을 할 때 함부로 때리는 일.
6) 신(神)을 모셔 오는 과정.
7) 굿거리. 무당이 굿할 때에 치는 장단.
8) 삼잡이 · 장구잡이 · 피리 부는 사람 · 저 부는 사람.
9) 점을 치게 해서 길흉을 물음.

봉사 옥으로 갈 때 춘향 어미 봉사의 지팡이를 잡고 인도할
때,

"봉사님, 이리 오시오. 이것은 돌다리요, 이것은 개천이요,
조심하여 건너시오."

앞에 개천이 있어 뛰어 볼까 무한히 벼르다가 뛰는데 봉사의
뛰임이란 게 멀리 뛰던 못 하고 올라가기만 한 길이나 올라가는
것이었다. 멀리 뛴단 것이 한가운데 가 풍덩 빠져 놓았는데 기
어 나오려고 집는 게 개똥을 짚었제.

"어풀싸, 이게 정녕 똥이제."

손을 들어 맡아 보니 묵은 쌀밥 먹고 썩은 놈이로고. 손을 내
뿌린 게 모진 돌에다가 부딪치니 어찌 아프던지 입에다가 홀 쓸
어 넣고 우는데 먼눈에서 눈물이 뚝뚝 떨어지며,

"애고애고, 내 팔자야. 조그마한 개천을 못 건너고 이 봉변을
당하였으니 수원수구(誰怨誰咎)[1] 뉘더러 하리. 내 신세를 생각
하니 천지만물을 불견이라. 주야를 내가 알랴. 사시를 짐작하
며, 춘절(春節)이 당해온들 도리화개(桃梨花開) 내가 알며, 추절
이 당해온들 황국단풍 어찌 알며, 부모를 내 아느냐, 처자를 내
아느냐 친구 벗님을 내 아느냐. 세상천지, 일월성신과 후박장단
을 모르고 밤중같이 지내다가 이 지경이 되었구나. 진소위(眞所
謂) 소경이 그르냐, 개천이 그르냐. 소경이 글체 아주 생긴 개
천이 그르랴."

애고 애고 설이 우니 춘향 어미 위로하되,

"그만 우시오."

---

1) 누구를 원망하고 누구를 허물하랴.

봉사를 목욕시켜 옥으로 들어가니 춘향이 반기면서,

"애고 봉사님 어서 오."

봉사 그중에 춘향이가 일색이란 말은 듣고 반가하며,

"음성을 들으니 춘향 각시인가 부다."

"예, 기옵니다."

"내가 벌써 와서 자네를 한번이나 볼 터로되 빈즉다사(貧則多事)라 못 오고 청하여 왔으니 내 쉰사²⁾가 아니로세."

"그럴 리가 있소. 안맹하옵고 노래(老來)에 기력이 어떠하시오."

"내 염려는 말게. 대체 나를 어찌 청하였나."

"예, 다름이 아니라 간밤에 흉몽을 하였삽기로 해몽도 하고 우리 서방님이 어느 때나 나를 찾을까 길흉 여부 점을 하려고 청하였소."

"그러제."

봉사 점을 하는데,

"가이태서(假爾泰筮) 유상(有常) 치경이축(致敬而祝) 축왈(祝曰) 천하언제(天何言哉)심이요 지하언제(地何言哉)시리요마는, 고지즉용(叩之卽應)하시느니 신기영의(神旣靈矣)시니 감이수통언(感而遂通焉)하소서. 망지휴구(罔知休咎)와 망석궐의(罔釋厥疑)일 유신유령(惟神惟靈)이 망수소보(望垂昭報)하여 약가약비(若可若非)를 상명고지즉응(尙明叩之卽應)하시느니 복희(伏羲)·문왕(文王)·무왕(武王)·무공(武公)·주공(周公)·공자(孔子) 5대 성현 72현, 안(顔)·증(曾)·사(思)·맹(孟)·성문

114

십철(聖門十哲) 제갈공명 선생·이순풍(李淳風)·소강절(邵康
節)·정명도(程明道)·정이천(程伊川)·주염계(周濂溪)·주회암
(朱晦庵)·엄군평(嚴君平)·사마군(司馬君)·귀곡(鬼谷)·손빈
(孫臏)·진(秦)·유(游)·왕보사(王輔嗣)·주원장(朱元璋)·제
대 선생(諸大先生)은 명찰명기(明察明記)하옵소서. 마의도사(麻
衣道者)·구천현녀(九天玄女)·육정(六丁)·육갑(六甲)·신장
(神將)이여 연월일시·사치공조(四値工曹)·비괘동자(排卦童
子)·성괘동랑(成卦童郎)·허공유감(虛空有感)·여왕·본가봉
사(本家奉祀)·단로향화(壇爐香火)·명신문차보향(明神聞此寶
香)·원사강림언(願使降臨焉)하소서. 전라좌도(全羅左道) 남원
부 천변(川邊)에 거하는 임자생신(壬子生身) 곤명열녀(坤命烈女)
성춘향이 하월하일(何月何日)에 방사옥중(放赦獄中)하오며, 서
울 삼청동 거하는 이몽룡은 하일하시에 도차본부(到此本府)하
오리까. 복걸(伏乞) 첨신(僉神)은 신명소시(神明昭示)하옵소서."

산통(算筒)[1]을 철겅철겅 흔들더니,

"어디 보자, 1, 2, 3, 4, 5, 6, 7, 허허 좋다. 상쾌로고. 칠간산
(七艮山)이로구나. 어유피망(魚游避網)하니, 소적대성(小積大成)
이라. 옛날 주무왕(周武王)이 벼슬할 때 이 괘를 얻어 금의환양
하였으니 어찌 아니 좋을손가. 천리상지(千里相知)하니 친인(親
人)이 유면(有面)이라 자네 서방님이 불원간에 내려와서 평생
한을 풀겠네. 걱정 마소 참 좋거든."

춘향 대답하되,

"말대로 그러하면 오죽 좋사으리까. 간밤 꿈 해몽이나 좀 하

---

1) 점을 칠 때에 쓰는 산가지를 넣는 통.

여 주옵소서."

"어디 자상히 말을 하소."

"단장하던 체경(體鏡)이 깨져 보이고, 창전에 앵두꽃이 떨어져 보이고, 문 위에 허수아비 달려 뵈고, 태산이 무너지고, 바닷물이 말라 보이니 나 죽을 꿈이 아니요."

봉사 이윽히 생각하다가 양구에 왈,

"그 꿈 장히 좋다. 화락하니 능성실(能成實)이요, 경파하니 기무성(豈無聲)가. 능히 열매가 열어야 꽃이 떨어지고 거울이 깨어질 때 소리가 없을손가. 문상의 현우인(懸偶人)하니 만인이 개앙시(皆仰視)라. 문 위에 허수아비 달렸으면 사람마다 우러러 볼 것이요. 해갈(海渴)하니 용안견(龍顔見)이요, 산붕(山崩)하니 지택평(地澤平)이라. 바다가 마르면 용의 얼굴을 능히 볼 것이요, 산이 무너지면 평지가 될 것이라. 좋다. 쌍가마 탈 꿈이로세. 걱정 마소 멀지 않네."

한참 이리 수작할 때, 뜻밖에 까마귀가 옥 담에 와 앉더니 까옥까옥 울거늘 춘향이 손을 들어 후여 날리며,

"방정맞은 까마귀야, 나를 잡아 가려거든 조르지나 말려무나."

봉사가 이 말을 듣더니,

"가만 있소. 그 까마귀가 가옥가옥 그렇게 울제."

"예, 그래요."

"좋다. 좋다. 가 자는 아름다울 가(嘉) 자요, 옥자는 집 옥(屋) 자라, 아름답고 즐겁고 좋은 일이 불원간 돌아와서 평생에 맺힌 한을 풀 것이니, 조금도 걱정 마소. 지금은 복채[2] 천 냥을

---

2) 점을 쳐 준 대가로 주는 돈.

준대도 아니 받아 갈 것이니 두고보고 영귀하게 되는 때에 괄시나 부디 마소. 나 돌아가네."

"예, 평안히 가옵시고 후일 상봉하옵시다."

춘향이 장탄수심으로 세월을 보내니라.

이때 한양성 도령님은 주야로 시서(詩書)·백가어(百家語)를 숙독하였으니 글로는 이백이요, 글씨는 왕희지라. 국가에 경사 있어 태평과(太平科)[1]를 보이실새 서책을 품에 품고 장중에 들어가 좌우를 둘러보니 억조 창생 허다 선비 일시에 숙배한다. 어악풍류(御樂風流) 청아성(淸雅聲)에 앵무새가 춤을 춘다. 대제학(大提學) 택출하여 어제(御題)[2]를 내리시니, 도승지 모셔 내어 홍장(紅帳) 위에 걸어 놓니 글 제에 하였으되,

'춘당(春塘) 춘색(春色)이 고금동(古今同)이라'

뚜렷이 걸었거늘 이도령 글제를 살펴보니 익히 보던 바라. 시지(試紙)를 펼쳐 놓고 해제를 생각하여 용지연(龍池硯)에 먹을 갈아 당황모(唐黃毛) 무심필(無心筆)을 반중동 듬뿍 풀어 왕희지 필법으로 조맹부(趙孟頫) 체를 받아 일필휘지 선장(先場)[3]하니 상시관(上試官)이 이 글을 보고 자자(字字)이 비점(批點)이요, 구구이 관주(貫珠)로다. 용사비등(龍蛇飛騰)[4]하고 평사낙안(平沙落雁)이라 금세의 대재(大材)로다. 금방(金榜)의 이름을 불러 어주 삼배 권하신 후 장원급제 휘장(揮場)[5]이라. 신래(新來)의 진퇴(進退) 나올 적에 머리에는 어사화(御史花)요, 몸에는 앵

---

1) 국가에 경사가 있을 때 특별히 보이는 과거.
2) 임금이 친히 정한 시제.
3) 옛날 과거 때 문과장 중에서 가장 먼저 글장을 바치던 것, 또는 그 순간.
4) 용이 움직이는 것같이 아주 활기 있는 필력.
5) 과거에 일등으로 급제하여 그 답안지를 게시하는 일.

삼(鶯衫)이라, 허리에는 학대(鶴帶)로다. 3일 유가(遊街)한 연후에 산소(山所)에 소분(掃墳)하고 전하께 숙배하니 전하께옵서 친히 불러 보신 후에,

"경의 재조 조정에 으뜸이라."

하시고 도승지 입시하사 전라도 어사를 제수하시니 평생의 소원이라. 수의(繡衣) · 마패(馬牌) · 유척(鍮尺)을 내주시니 전하께 하직하고 본댁으로 나갈 때 철관(鐵冠)[6] 채는 심산맹호 같은지라. 부모전 하직하고 전라도로 행할새, 남대문 밖 썩 나서서 서리(胥吏) · 중방(中房) · 역졸 등을 거느리고 청파역 말 잡아타고 칠패 7패 배다리 얼른 넘어 밥전거리 지나 동작(銅雀)이를 얼풋 건네 남태령(南太嶺)을 넘어 과천읍에 중화(中火)하고, 사근내(沙斤乃) 미륵당(彌勒堂)이 수원(水原) 숙소하고 대황교(大皇橋) · 떡전거리 · 진개울 · 중미(中彌) · 진위읍(振威邑)에 중화(中火)하고, 칠원 · 소사(素沙) 애고다리 성환역(成歡驛)에 숙소하고, 상류천(上流川) · 하류천(下流川) · 새술막 · 천안읍에 중화(中火), 삼거리 · 도리치(道里峙) · 김제역(金蹄驛) 말 갈아타고, 신구(新舊) · 덕평(德坪)을 얼른 지나 원터에 숙소하고, 팔풍정(八風亭) · 화란 · 광정(廣程) · 모란 · 공주 · 금강을 건너 금영(錦營)에 중화하고, 높은 행길 소개문 · 어미널티 · 경천(敬天)에 숙소하고, 노성(魯城) · 풋개 · 사다리 · 은진(恩津) · 간치당이 · 황화정(皇華亭) · 장애미고개 · 여산읍(礪山邑)에 숙소참하고, 이튿날 서리 중방 불러 분부하되,

"전라도 초읍 여산이라 막중국사 거행불명즉(莫重國事 擧行不

---

6) 어사가 쓰던 관.

明則) 죽기를 면치 못하리라."

추상(秋霜)같이 호령하며 서리 불러 분부하되,

"너는 좌도(左道)로 들어 진산(珍山)·금산(錦山)·무주(茂朱)·용담(龍潭)·진안(鎭安)·장수(長水)·운봉(雲峰)·구례(求禮)로 이 8읍을 순향하여 아무 날 남원읍으로 대령하고, 자중방 역졸 네의 등은 우도(右道)로 용안(龍安)·함열(咸悅)·임파(臨坡)·옥구(沃溝)·김제(金堤)·만경(萬頃)·고부(古阜)·부안(扶安)·흥덕(興德)·고창(高敞)·장성(長城)·영광(靈光)·무장(茂長)·무안(務安)·함평(咸平)으로 순해하여 아무 날 남원읍으로 대령하고, 종사(從事)[1] 불러 익산(益山)·금구(金溝)·태인(泰仁)·정읍(井邑)·순창(淳昌)·옥과(玉果)·광주(光州)·나주(羅州)·창평(昌平)·담양(潭陽)·동복(同福)·화순(和順)·강진(康津)·염암(靈巖)·장흥(長興)·보성(寶城)·흥양(興陽)·낙안(樂安)·순천(順天)·곡성(谷城)으로 순향하여 아무 날 남원읍으로 대령하라."

분부하여 각기 분발하신 후에 어사또 행장을 차리는데 모양 보소. 숱 사람을 속이려고 모자 없는 헌 파립(破笠)에 버레줄[2] 총총 매어 초사(草紗) 갓끈 달아 쓰고, 당만[3] 남은 헌 망건에 갑풀 관자(貫子) 노끈 당줄 달아 쓰고, 으뭉[4]하게 헌 도복에 무명실 띠를 흉중에 둘러 매고, 살만 남은 헌 부채에 솔방울 선추(扇錘)[5] 달아 일광을 가리고 내려올 때, 통새암·삼례(參禮) 숙

---

1) 종사관. 봉명사신(奉命使臣)의 임시 수행원 중 하나.
2) 실로 이리저리 얽어 맨 줄.
3) 망건 뒷부분.
4) '의뭉'의 사투리. 겉으로는 어리석은 것 같으면서도 마음 속은 엉큼함.
5) 부채 고리에 매어다는 장식품.

소하고, 한내·주엽쟁이·가리내·심금정 구경하고, 숨정이·
공북루(拱北樓) 서문을 얼른 지나 남문에 올라 사방을 둘러보니
소강남(小江南) 여기로다. 기린토월(麒麟吐月)이며, 한벽청연
(寒碧淸煙)·남고모종(南固暮鍾)·건지망월(乾止望月)·다가사
후(多佳射帿)·덕진채련(德眞採蓮)·비비낙안(飛飛落雁)·위봉
폭포(威鳳瀑布)·완산(完山) 팔경을 다 구경하고 차차로 암행하
여 내려올 때, 각 읍 수령들이 어사 났단 말을 듣고, 민정을 가
다듬고 전공사(前公事)를 염려할 때, 하인인들 편하리요. 이
방·호장 실혼하고, 공사 회계하는 형방 서기 얼른 하면 도망차
로 신발하고, 수다한 가가청색이 넋을 잃어 분주할 때, 이때 어
사또는 임실(任實) 구홧뜰 근처를 당도하니 차시 마침 농절(農
節)이라, 농부들이 농부가하며 이러할 때 야단이었다.

   어여로6) 상사디7)야
   천리 건곤 태평시에
   도덕 높은 우리 성군
   강구연월 동요 듣던
   요임군 성덕이라
   어여로 상사디야.
   순임금 높은 성덕으로 내신 성기(聖器)8)
   역산(歷山)9)에 밭을 갈고

---

6) 어야차.
7) 조흥구.
8) 성스러운 기구. 여기서는 농구(農具)를 가리킴.
9) 순임금이 밭을 갈았다는 곳으로, 산동성 역성현의 남쪽에 있다고 함.

어여로 상사디야.
신농씨(神農氏) 내신 따부[1]
천추만대 유전하니
어이 아니 상사디야.
하우씨(夏禹氏) 어진 임군
9년 홍수 다스리고
어여라 상사디야.
은왕(殷王) 성탕(成湯) 어진 임군
대한(大旱) 7년 당하였네
어여라 상사디야
이 농사를 지어내어
우리 성군 공세(貢稅) 후에 남은 곡식 장만하여,
앙사부모(仰事父母)[2] 아니하여
하육처자(下育妻子) 아니할까
어여라 상사디야.
백초(百草)를 심어
사시(四時)를 짐작하니
유신(有信)한 게 백초로다
어여라 상사디야.
청운 공명 좋은 호강
이 업을 당할소냐
어여라 상사디야.
남전북답(南田北畓) 기경(起耕)하야

---

1) 농구(農具)의 일종.
2) 우러러 부모를 섬기는 것.

함포고복(含哺鼓腹) 하여 보세.

어널널 상사디야.

한참 이리 할 때, 어사또 주령[3] 짚고 이만하고[4] 서서 농부가를 구경하다가,

"거기는 대풍이로고."

또 한편을 바라보니 이상한 일이 있다. 중씰한[5] 노인들이 낄 낄이[6] 모여 서서 등걸밭[7]을 이루는데 갈멍덕 숙여 쓰고, 쇠스 랑 손에 들고 백발가(白髮歌)를 부르는데,

등장(等狀)[8] 가자 등장 가자

하느님 전에 등장 가량이면

무슨 말을 하실는지

늙은이는 죽지 말고

젊은 사람 늙지 말게

하느님 전에 등장 가세

원수로다 원수로다

백발이 원수로다

오는 백발 막으려고

우수(右手)에 도끼 들고

---

3) '지팡이'의 사투리.

4) 얼마쯤 거리를 두고.

5) 중년이 넘어 보이는.

6) 끼리끼리.

7) 등걸이 많은 밭.

8) 여러 사람이 이름을 잇대어 써서 관청에 어떠한 요구를 하소연하는 일.

좌수(左手)에 가시 들고
오는 백발 두드리며
가는 홍안 끌어당겨
청사(青絲)로 결박하여
단단히 졸라매되
가는 홍안 절로 가고
백발은 시시로 돌아와
귀 밑에 살[1] 잡히고
검은 머리 백발되니
조여청사모성설(朝如青絲暮成雪)이라
부정한 게 세월이라
소년항락(少年享樂) 깊은들
왕왕이 달라가니
이 아니 광음인가
천금준마 잡아 타고
장안대도(長安大道) 달리고저.
만고강산 좋은 경개
다시 한번 보고지고
절대가인 곁에 두고
백반(百般) 교태(嬌態) 놀고지고
화조월석(花朝月夕) 사시가경(四時佳景)
눈 어둡고 귀가 먹어
볼 수 없고 들을 수 없어

---

1) 주름살.

할 일 없는 일이로세.

슬프다 우리 벗님

어데로 가겟난고.

구추단풍(九秋丹楓) 잎 지듯이

선아선아[2] 덜어지고

삼오삼오(三五三五)[3] 쓸어지니

가는 길이 어디멘고.

어여로 가래질이야

아마도 우리 인생

일장춘몽인가 하노라.

한참 이러할 때, 한 농부 썩 나서며,

"담배 먹세, 담배 먹세."

갈멍덕 숙여 쓰고 두던[4]에 나오더니 곱돌조대[5] 넌짓 들어 꽁무니 더듬더니, 가죽 쌈지 빼어놓고 세우침[6]을 뱉아 엄지가락이 자빠라지게 비빗비빗 단단히 넣어 짚불을 뒤져 놓고 화로에 푹 질러 담배를 먹는데, 농군이라 하는 것이 대가 빡빡하면 쥐새끼 소리가 나겠다. 양볼때기가 오목오목 코궁기가 발심발심 연기가 홀홀 나게 피워 물고 나서니 어사또 반말하기는 공성이 났제[7].

---

2) '천천히' 의 사투리.

3) 듬성듬성.

4) 두덩. 우묵하게 파진 땅의 가장자리로 두두룩한 곳.

5) 곱돌로 만든 연죽(煙竹).

6) 힘을 쓰기 위해 뱉은 침. 사투리.

7) 잘도 한다. 습성이 되었다는 말.

"저 농부 말 좀 물어 보면 좋겠구먼."

"무슨 말."

"이 골 춘향이가 본관에 수청들어 뇌물을 많이 먹고 민정에 작폐한단 말이 옳은지."

저 농부 열을 내어,

"게가 어디 삽나."

"아무데 살든지."

"아무데 살든지라니 게는 눈콩알 귀콩알[1]이 없나. 지금 춘향이를 수청 아니 든다 하고 형장 맞고 갇혔으니 창가(娼家)에 그런 열녀 세상에 드문지라. 옥결 같은 춘향 몸에 자네 같은 동냥치가 누설을 시키다간 빌어먹도 못하고 굶어 뒈지리. 올라간 이 도령인지 삼도령인지 그놈의 자식은 일거 후 무소식하니 인사 그렇고는 벼슬은커니와 내 좆도 못하제."

"어 그게 무슨 말인고."

"왜 어찌 됩나."

"되기야 어찌 되랴마는 남의 말로 구습(口習)[2]을 너무 고약히 하는고."

"자네가 철 모르는 말을 하매 그렇제."

수작을 파하고 돌아서며,

"허허 망신이로고, 자 농부네들 일하오."

"예."

하직하고 한 모퉁이를 돌아드니 아이 하나 오는데 주령 막대 끄으면서 시조 절반 사설(辭說) 절반 섞어 하되,

---

1) 귀를 가리키는 상말.
2) 나쁜 입버릇.

"오늘이 며칠인고. 천리 길 한양성을 며칠 걸어 올라가랴. 조자룡(趙子龍)의 월강(越江)하던 청총마(靑驄馬)가 있었다면 금일로 가련마는 불쌍하다 춘향이는 이서방을 생각하여 옥중에 갇히어서 명재경각(命在頃刻) 불쌍하다. 몹쓸 양반 이서방은 일거소식 돈절하니 양반의 도리는 그러한가."

어사또 그 말 듣고,

"이 애 어디 있니."

"남원읍에 사오."

"어디를 가니."

"서울 가오."

"무슨 일로 가니."

"춘향의 편지 갖고 구관댁에 가오."

"이 애 그 편지 좀 보자꾸나."

"그 양반 철모르는 양반이네."

"웬 소린고."

"글세 들어 보오. 남아 편지 보기도 어렵거든 항(況) 남의 내간(內簡)을 보잔단 말이오."

"이 애 들어라. 행인이 임발(臨發) 우개봉(又開封)이란 말이 있느니라. 좀 보면 관계하랴."

"그 양반 몰골은 흉악하구만 문자 속은 기특하오. 얼른 보고 주오."

"호노자식(胡奴子息)이로고."

편지 받아 떼어 보니 사연에 하였으되,

'일차 이별 후 성식(聲息)이 적조(積阻)하니 도령님 시봉체후(侍奉體候) 만안하옵신지 원절복모(願切伏慕)하옵니다. 천첩 춘

향은 장대뢰상(杖臺牢上)[1]에 관봉치패(官逢致敗)[2]하고 명재경각
이라 지어사경(至於死境)에 혼비황릉지묘(魂飛黃陵之廟)[3]하여
출몰귀관(出沒鬼關)[4]니 첩신이 수유만사(雖有萬死)나 단지 열불
이경(烈不二更)이요, 첩지사생(妾之死生)과 노모 형상이 부지하
경(不知何境)[5]이오니 서방님 심량처지(深諒處之)하옵소서.'
  편지 끝에 하였으되,

  거세하시군별첩(去歲何時君別妾)고[6]
  작이동설우동추(作已冬雪又動秋)라[7],
  광풍반야누여우(狂風半夜淚如雨)하니[8]
  하위남원옥중수(何爲南原獄中囚)라[9]

  혈서로 하였는데 평사낙안(平沙落雁) 기러기 격으로 그저 툭
툭 찍은 것이 모두 다 애고로다. 어사 보더니 두 눈에 눈물이
들거니 맺거니 방울방울 떨어지니 저 아이 하는 말이,
  "남의 편지 보고 왜 우시오."
  "엇다 이 애, 남의 편지라도 설운 사연을 보니 자연 눈물이
나는구나."

---

1) 형장대에서 주뢰당함.
2) 관재(官災)를 만나 모든 것이 결딴남.
3) 넋이 황릉지묘로 날아감.
4) 혼이 귀문관(鬼門關)에 출몰함.
5) 어떤 지경에 이를지 모름.
6) 지난해 어느 때에 임이 첩을 이별했던고.
7) 엊그제 이미 겨울눈이 내리더니 또 가을이 왔도다.
8) 미친 바람 깊은 밤에 눈물이 비같이 흐르니.
9) 어찌해서 남원 옥중의 죄수가 되었던고.

"여보, 인정 있는 체하고 남의 편지 눈물 묻어 찢어지오. 그 편지 한 장 값이 열닷 냥이요, 편지 값 물어 내오."

"여봐라, 이도령이 나와 죽마고우 친구로서 하향(遐鄉)에 볼 일이 있어, 나와 함께 내려오다 완영(完營)¹⁰)에 들렀으니 내일 남원으로 만나자 언약하였다. 나를 따라가 있다가 그 양반을 뵈어라."

그 아이 반색하며,

"서울을 저 건너로 아시오."

하며 달려들어,

"편지 내오."

상지(相持)할 때, 옷 앞자락을 잡고 힐난하며 살펴보니 명주(明紬) 전대(纏帶)를 허리에 둘렀는데 제기(祭器) 접시 같은 것이 들었거늘 물러나며,

"이것 어디서 났소. 찬바람이 나오."

"이놈, 천기누설¹¹)하여서는 생명을 보존치 못하리라."

당부하고 남원으로 들어올 때 박석치(博石峙)를 올라서서 사면을 둘러보니 산도 예 보던 산이요, 물도 예 보던 물이라. 남문 밖 썩 내달아,

"광한루야 잘 있더냐. 오작교야 무사하냐."

객사청청유색신(客舍青青柳色新)¹²)은 나귀 매고 놀던 데요, 청운낙수(青雲洛水) 맑은 물은 내 발 씻던 청계수라. 녹수진경(綠水秦京) 넓은 길은 왕래하는 옛길이요, 오작교 다리 밑에 빨래

---

10) 전라 감영.
11) 비밀을 새도록 함.
12) 객사에 푸릇푸릇 버들빛이 새롭도다.

128

하는 여인들은 계집아이 섞여 앉아,

"야야."

"웨야."

"애고 애고 불쌍터라. 춘향이가 불쌍터라. 모지더라. 모지더라. 우리 골 사또가 모지더라, 절개 높은 춘향이를 위력겁탈하려 한들 철석 같은 춘향 마음 죽는 것을 헤아릴까. 무정터라, 이도령이 무정터라."

저희끼리 공론하며 추적추적 빨래하는 모양은 영양공주(英陽公主)·난양공주(蘭陽公主)·진채봉(秦彩鳳)·계섬월(桂蟾月)·백능파(白凌波)·적경홍(狄驚鴻)·심회연(沈裊烟)·가춘운(賈春雲)도 같다마는 양소유(楊少游)가 없었으니 뉘를 찾아 앉았는고. 어사또 누에 올라 자상히 살펴보니 석양은 재서(在西)하고 숙조(宿鳥)는 투림(投林)할 때, 저 건너 양류목(楊柳木)은 우리 춘향 근듸 매고 오락가락 놀던 양을 어제 본 듯 반갑도다. 동편을 바라보니 장림(長林) 심처(深處) 녹림간(綠林間)에 춘향 집이 저기로다. 저 안에 내동원(內東園)은 예 보던 고면(故面)이요, 석벽의 험한 옥은 우리 춘향 우니는 듯 불쌍코 가긍하다. 일락서산(日落西山) 황혼시에 춘향 문건 당도하니 행랑은 무너지고 몸채는 퇴를 벗었는데[1] 예 보던 벽오동은 수풀 속에 우뚝 서서 바람을 못 이기어 추레하고 서 있거늘, 단장 밑에 백두루미는 함부로 다니다가 개한테 물렸는지 깃도 빠지고 다리를 징금 찔룩 뚜루룩 울음 울고 비창[2] 전 누렁 개는 기운 없이 조을다가 구면객을 몰라보고 꽁꽝 짖고 내달으니,

<hr/>

1) 벌거벗다는 뜻으로, 행랑이 무너지고 집채가 헐었다는 말.
2) 문 빗장.

"요 개야, 짖지 마라. 주인 같은 손님이다. 네의 주인 어디 가고 네가 나와 반기느냐."

중문을 바라보니 내 손으로 쓴 글자가 충성 충(忠) 자 완연터니 가운데 중(中) 자는 어디 가고, 마음 심(心) 자만 남아 있고, 와룡장자(臥龍壯子) 입춘서(入春書)는 동남풍에 펄렁펄렁 이내 수심 도와 낸다. 그렁저렁 들어가니, 내정(內庭)은 적막한데 춘향모 거동 보소. 미음 솥에 불 넣으며,

"애고 애고, 내 일이야. 모지도다 모지도다, 이서방이 모지도다. 위경 내 딸 아주 잊어 소식조차 돈절하네. 애고 애고 설운지고. 향단아, 이리 와 불 넣어라."

하고 나오더니 울 안에 개울물에 흰 머리 감아 빗고, 정화수 한 동이를 받쳐 놓고 복지하여 축원하되,

"천지지신 일월성신은 화위동심(化爲同心)하옵소서. 다만 독녀 춘향이를 금쪽같이 길러 내어 외손봉사(外孫奉祀) 바라더니 무죄한 매를 맞고 옥중에 갇혔으니 살릴 길이 없삽니다. 천지지신은 감동하사 한양성 이몽룡을 청운에 높이 올려 내 딸 춘향 살려지이다."

빌기를 다한 후,

"향단아, 담배 한 대 붙여다고."

춘향의 모 받아 물고 후유 한숨 눈물 질새, 이때 어사 춘향모 정성 보고,

"내의 벼슬한 게 선영음덕(先塋陰德)으로 알았더니 우리 장모 덕이로다."

하고,

"그 안에 뉘 있나."

"뉘시오."

"내로세."

"내라니 뉘신가."

어사 들어가며,

"이서방일세."

"이서방이라니, 옳제 이풍헌(李風憲)[1] 아들 이서방인가."

"허허, 장모 망령이로세. 나를 몰라, 나를 몰라."

"자네가 뉘기여."

"사위는 백년지객이라 하였으니 어찌 나를 모르는가."

춘향의 모 반겨하여,

"애고 애고, 이게 웬일인고. 어디 갔다 이제 와. 풍세대작(風勢大作)터니 바람결에 풍겨 온가. 봉운기봉(峰雲奇峰)[2]터니 구름 속에 싸여 온가. 춘향의 소식 듣고 살리려고 와 계신가. 어서 어서 들어가세."

손을 잡고 들어가서 촛불 앞에 앉혀 놓고 자세히 살펴보니 걸인 중에는 상걸인이 되었구나. 춘향의 모 기가 막혀,

"이게 웬일이요."

"양반이 그릇되매 형언할 수 없네. 그때 올라가서 벼슬 길 끊어지고 탕진 가산하여 부친께서는 학장(學長)질 가시고 모친은 친가로 가시고 다 각기 갈리어서 나는 춘향에게 내려와서 돈 천이나 얻어 갈까 하였더니 와서 보니 양가 이력 말 아닐세."

춘향의 모 이 말 듣고 기가 막혀,

"무정한 이 사람아, 일차 이별 후로 소식이 없었으니 그런 인

<hr>

1) 풍헌은 이(里)나 면의 일을 맡아보는 사람. 이씨 성의 풍헌.
2) 하운기봉(夏雲奇峰), 곧 '여름 구름이 봉우리를 지듯'의 잘못.

사가 있으며, 후긴지 바랐더니 이리 잘 되었소. 쏘아논 살이 되고 엎지러진 물이 되어 수원수구(誰怨誰咎)할까마는 내 딸 춘향 어쩔남나."

홧김에 달려들어 물어 뗼려 하니,

"내 탓이지 코 탓인가. 장모가 나를 몰라보네. 하늘이 무심태도 풍운조화와 뇌성뇌기(雷聲雷氣)는 있느니."

춘향모 기가 차서,

"양반이 그릇되매 간롱(奸弄)조차 들었구나."

어사 짐짓 춘향모의 하는 거동을 보려 하고,

"시장하여 내 죽겠네. 날 밥 한 술 주소."

춘향모 밥 달라는 말을 듣고,

"밥 없네."

어찌 밥 없을꼬마는 홧김에 하는 말이었다. 이때 향단이 옥에 갔다 나오더니 저의 아씨 야단 소리에 가슴이 우둔우둔 정신이 월렁월렁 정처 없이 들어가서 가만히 살펴보니 전의 서방님이 와겠구나. 어찌 반갑던지 우르르 들어가서,

"향단이 문안이요. 대감님 문안이 어떠하옵시며, 대부인 기후 안녕하옵시며, 서방님께서도 원로에 평안히 행차하시니까."

"오냐, 고생이 어떠하냐."

"소녀 몸은 무탈하옵니다. 아씨 아씨, 큰아씨, 마오 마오 그리 마오. 멀고 먼 천리 길에 뉘 보려고 와겨관데, 이 괄시가 웬일이요. 애기씨가 아시면 지레[3] 야단이 날 것이니 너무 괄시 마

---

3) 미리. 먼저.

옵소서."

부엌으로 들어가더니 먹던 밥에 풋고추 저리김치 양념 넣고 단 간장에 냉수 가득 떠서 모반에 받쳐 드리면서,

"더운 진지 할 동안에 시장하신데 우선 요기하옵소서."

어사또 반기며,

"밥아, 너 본 지 오래로구나."

여러 가지를 한데다가 붓더니 숟가락 댈 것 없이 손으로 뒤져서 한편으로 몰아치더니 마파람에 게 눈 감추듯 하는구나. 춘향모 하는 말이,

"얼씨고 밥 빌어먹기는 공성이 났구나."

이때 향단이는 저의 애기씨 신세를 생각하여 크게 울든 못 하고 체읍하여 우는 말이,

"어찌할거나, 어찌할거나. 도덕 높은 우리 애기씨 어찌하여 살리시려오. 어찌꺼나요 어찌꺼나요."

"여봐라 향단아, 울지 마라, 울지 마라, 너의 아기씨가 설마 살지 죽을소냐. 행실이 지극하면 사는 날이 있느니라."

춘향모 듣더니,

"양반이라고 오기는 있어서, 대체 자네가 왜 저 모양인가."

향단이 하는 말이,

"우리 큰아씨 하는 말을 조금도 괴념 마옵소서. 나 많아야 노망한 중에 이 일을 당해 놓니 홧김에 하는 말을 일분인들 노하리까. 더운 진지 잡수시오."

어사또 밥상 받고 생각하니 분기탱천[1]하여 마음이 울적, 오

---

1) 분한 기운이 하늘을 찌를 듯함.

장이 월렁월렁, 석반(夕飯)이 맛이 없어,

"향단아 상 물려라."

담뱃대 툭툭 털며,

"여소 장모, 춘향이나 좀 보아야제."

"그러지요, 서방님이 춘향을 아니 보아서야 인정이라 하오리까."

향단이 여쭈오되,

"지금은 문을 닫았으니 파루(罷漏)²⁾치거든 가사이다."

이때 마침 파루를 뎅뎅 치는구나. 향단이는 미음상이고 등롱 들고 어사또는 뒤를 따라 옥문간 당도하니 인적이 고요하고 쇄장이도 간 곳 없네. 이때 춘향이 비몽사몽간에 서방님이 오셨는데 머리에는 금관이요, 몸에는 홍삼이라. 상사일념에 목을 안고 만단정회(萬端情懷)하는차라.

"춘향아."

부른들 대답이 있을소냐. 어사또 하는 말이,

"크게 한번 불러 보소."

"모르는 말씀이요. 예서 동헌이 마주치는데 소리가 크게 나면 사또 염문할 것이니 잠깐 지체하옵소서."

"무어 어때, 염문이 무엇인고. 내가 부를 게 가만 있소. 춘향아."

부르는 소리에 깜짝 놀래어 일어나며,

"허허, 이 목소리 잠결인가 꿈결인가. 그 목소리 괴이하다."

어사또 기가 막혀,

---

2) 오경(五更)에 큰 쇠북을 서른 세 번치는 일.

"내가 왔다고 말을 하소."

"왔단 말을 하게 되면 기절담락한 것이니 가만히 계옵소서."

춘향이 저의 모친 음성을 듣고 깜짝 놀래어,

"어마니, 어찌 오셨소. 몹쓸 딸자식을 생각하와 천방지방[1] 다니다가 낙상하기 쉽소. 일후일랑은 오실라 마옵소서."

"날랑은 염려 말고 정신을 차리어라. 왔다."

"오다니 뉘가 와요."

"그저 왔다."

"갑갑하여 나 죽겠소. 일러 주오. 꿈 가운데 임을 만나 만단정회하였더니 혹시 서방님께서 기별 왔소. 언제 오신단 소식 왔소. 벼슬 띠고 내려온단 노문(路文)[2] 왔소. 답답하여라."

"네의 서방인지 남방인지 걸인 하나이 내려왔다."

"허허, 이게 웬 말인가. 서방님이 오시다니 몽중에 보던 임을 생시에 보단말가."

문틈으로 손을 잡고 말 못하고 기색하며,

"애고 이게 뉘구시오. 아마도 꿈이로다. 상사불견(想思不見) 기룬 임을 이리 수이 만날손가. 이제 죽어 한이 없네, 어찌 그리 무정한가 박명하다 내의 모녀, 서방님 이별 후에 자나 누나 임 기루워 일구월심 한일러니, 내 신세 이리 되어 매에 감겨 죽게 되는 날 살리려 와 계시오."

한참 이리 반기다가 임의 형상 자세 보니 어찌 아니 한심하랴.

---

1) 천방지축. 너무 급해 방향을 잡지 못하고 함부로 날뛰는 일.
2) 벼슬아치가 공무로 지방에 여행할 때 출발에 앞서 공행(公行)의 일정표를 연도(沿道)의 각 고을에 보내는 공문.

"여보, 서방님, 내 몸 하나 죽는 것은 설운 마음 없소마는 서
방님 이 지경이 웬일이오."

"오냐 춘향아 설어 마라. 인명이 재천인데 설만들 죽을소냐."

춘향이 저의 모친 불러,

"한양성 서방님을 7년 대한(大旱) 가문 날에 갈민대우(渴民待
雨) 기다린들 날과 같이 자진(自盡)턴가. 심근 낡이 꺼어지고
공든 탑이 무너졌네. 가련하다 이내 신세 할 일 없이 되었구나.
어마님 나 죽은 후에라도 원이나 없게 하여 주옵소서. 나 입던
비단 장옷 봉장(鳳欌) 안에 들었으니 그 옷 내어 팔아다가 한산
세저(韓山細紵) 바꾸어서 물색 곱게 도포 짓고, 백방사주(白紡絲
紬) 긴 치마를 되는 대로 팔아다가 관(冠)·망(網)·신발 사드
리고, 절병 천은(天銀) 비녀·밀화(蜜花) 장도·옥지환(玉指環)
이 함 속에 들었으니 그것도 팔아다가 한삼(汗衫)[3]·고의(袴
衣)[4] 불초잖게 하여 주오. 금명간 죽을 년이 세간 두어 무엇할
까. 용장·봉장·빼닫이를 되는 대로 팔아다가 별찬 진지 대접
하오. 나 죽은 후에라도 나 없다 마시고 날 본 듯이 섬기소서.
서방님, 내 말씀 들으시오. 내일이 본관 사또 생신이라, 취중에
주망나면 나를 올려 칠 것이니, 형문 맞은 다리 장독이 났으니
수족인들 놀릴손가. 만수운환(漫垂雲鬟)[5] 흐트러진 머리 이렁저
렁 걸어 얹고 이리 비틀 저리 비틀 들어가서 장폐(杖斃)[6]하여
죽거들랑, 삯군인 체 달려들어 둘러업고 우리 둘이 처음 만나

---

3) 속적삼.
4) 여름에 바지 대신으로 입는 홑옷.
5) 구름같이 헝클어져 늘어진 머리.
6) 곤장으로 죽인 것.

놀던 부용당(芙蓉堂)의 적막하고 요적한 데 뉘어 놓고, 서방님
손수 염습하되 나의 혼백 위로하여 입은 옷 벗기지 말고, 양지
끝에 묻었다가 서방님 귀히 되어 청운에 오르거든, 일시도 둘라
말고 육진장포(六鎭長布)[1] 개렴(改斂)[2]하여 조촐한 상여 위에
덩그렇게 실은 후에 북망산천(北邙山川) 찾아갈 때, 앞 남산 뒷
남산 다 버리고 한양으로 올려다가 선산(先山) 발치에 묻어 주
고, 비문에 새기기를 수절원사춘향지묘(守節寃死春香之墓)라 여
덟자만 새겨 주오. 망부석이 아니 될까. 서산에 지는 해는 내일
다시 오련마는 불쌍한 춘향이는 한번 가면 어느 때 다시 올까,
신원(伸寃)이나 하여 주오. 애고 애고 내 신세야, 불쌍한 내의
모친 나를 잃고 가산을 탕진하면 할 일 없이 걸인 되어 이 집
저 집 걸식타가 언덕 밑에 조속조속 조을면서 자진하여 죽게 되
면 지리산 갈가마귀 두 날개를 떡 벌리고 둥덩실 날아 들어 까
옥까옥 두 눈을 다 파먹은들 어느 자식 있어 후여 하고 날려 주
리."

애고 애고 설이 울 때 어사또,

"우지 마라, 하늘이 무너져도 솟아날 궁기가 있느니라. 네가
나를 어찌 알고 이렇듯 설어하느냐."

작별하고 춘향 집에 돌아왔제. 춘향이는 어둠침침 야삼경에
서방님을 번개같이 얼른 보고 옥방에 홀로 앉아 탄식하는 말이,

"명천은 사람을 낼 때 별로 후박이 없건마는 내의 신세 무슨
죄로 이팔 청춘에 임 보내고 모진 목숨 살아 이 형문, 이 형장

---

1) 조선 세종 때 지금의 함경북도 북변에 설치한 여섯 진(鎭. 경원·경흥·부령·온성·종
성·회령회령)에서 나던 베.
2) 개장(改葬)할 때에 염(斂)을 고쳐 하는 일.

무슨 일고. 옥중고생 삼사삭에 밤낮 없이 임 오시기만 바라더니
이제는 임의 얼굴 보았으니 광채없이 되었구나. 죽어 황천에 돌
아간들 제왕전에 무슨 말을 자랑하리."

애고 애고 설이 울 때, 자진하여 반생반사하는구나. 어사또
춘향 집에 나와서 그날 밤을 새려 하고, 문안문 밖 염문할새 질
청(廳)에 가 들으니 이방 승발(承發)³⁾ 불러 하는 말이,

"여보소, 들으니 수의도(繡衣道)⁴⁾가 새문 밖 이(李)씨라더니
아까 삼경에 등롱불 켜 들고 춘향모 앞세우고 폐의파관(弊衣破
冠)한 손님이 아마도 수상하니, 내일 본관 잔치 끝에 일십(一
什)⁵⁾을 구별하여 생탈 없이 십분 조심하소."

어사 그 말 듣고,

"그놈들 알기는 아는데."

하고 또 장청에 가 들으니, 행수 군관 거동 보소.

"여러 군관님네, 아까 옥거리(獄巨里) 바장이는 걸인 실로 괴
이하네. 아마도 분명 어산 듯하니 용모파기(容貌疤記)⁶⁾ 내어놓
고 자세히 보소."

어사또 듣고,

"그놈들 개개여신(個個如神)⁷⁾이로다."

하고 현사(縣司)에 가 들으니 호장 역시 그러한다. 육방 후에
이튿날 조사(朝査) 끝에 근읍(近邑) 수령이 모여든다. 운봉영장
(雲峰營將), 구례(求禮)·곡성(谷城)·순창(淳昌)·옥과(玉果)·

3) 지방 관아의 서속 밑에서 잡무를 맡아보던 사람.
4) 수의사또의 약칭.
5) 기물(器物)의 한 벌.
6) 어떤 사람을 찾기 위해 그 사람의 용모의 특징을 기록한 것.
7) 지지여신(知之如神)으로 해야 정확한 말이 됨.

진안(鎭安)·장수(長水) 원님이 차례로 모여든다. 좌편에 행수 군관, 우편에 청령, 사령, 한가운데 본관은 주인이 되어 하인 불러 분부하되,

"관청색(官廳色)[1] 불러 다담(茶啖)[2]을 올리라. 육고자(肉庫子)[3] 불러 큰 소를 잡고, 예방(禮房) 불러 고인(鼓人)을 대령하고, 승발 불러 차일(遮日)을 대령하라. 사령 불러 잡인(雜人)을 금하라."

이렇듯 요란할 때 기치(旗幟) 군물(軍物)이며 육각(六角) 풍류 반공에 떠 있고, 녹의홍상 기생들은 백수(白手) 나삼 높이 들어 춤을 추고, 지화자 둥덩실 하는 소리 어사또 마음이 심란하구나.

"여봐라 사령들아, 네의 원 전(前)에 여쭈어라. 먼 데 있는 걸 인이 좋은 잔치에 당하였으니 주효 얻어먹자고 여쭈어라."

저 사령 거동 보소.

"어느 양반이관데, 우리 안전(案前)[4]님 걸인 혼금(閽禁)하니 그런 말은 내도 마오."

등 밀쳐 내니 어찌 아니 명관(名官)인가. 운봉(雲峰)이 그 거동을 보고 본관에게 청하여 하는 말이,

"저 걸인의 의관은 남루하나 양반의 후예인 듯하니 말석(末席)에 앉히고 술잔이나 먹여 보냄이 어떠하뇨."

본관 하는 말이,

---

1) 조선 시대 때 수령의 음식을 맡은 아전.
2) 손님을 대접하기 위해 내놓은 다과 등.
3) 육고에 딸려 관아에 육류를 진공하는 관노.
4) 하급 관리가 상급 관리에게 하는 존칭 대명사.

"운봉 소견대로 하오마는."

하니, 마는 소리 훗입맛이 사납겠다. 어사 속으로,

'오냐, 도적질은 내가 하마, 오라는 네가 져라.'

운봉이 분부하여,

"저 양반 듭시래라."

어사또 들어가 단좌하여 좌우를 살펴보니 당상의 모든 수령 다담을 앞에 놓고 진양조사 양양(洋洋)할 때 어사또 상을 보니 어찌 아니 통분하랴. 모 떨어진 개상판에 닥채 저붐 · 콩나물 · 깍두기 · 막걸리 한 사발 놓았구나. 상을 발길로 탁 차 던지며 운봉의 갈비를 직신,

"갈비 한 대 먹고지고."

"다라도 잡수시오."

하고 운봉이 하는 말이,

"이러한 잔치에 풍류로만 놀아서는 맛이 적사오니 차운(次韻) 한 수씩 하여 보면 오떠하오."

"그 말이 옳다."

하니 운봉이 운을 낼 때, 높을 고(高) 자 기름 고(膏) 자 두 자를 내어놓고 차례로 운을 달 때 어사또 하는 말이,

"걸인도 어려서 추구권(抽句卷)⁵⁾이나 읽었더니 좋은 잔치 당하여서 주효를 포식하고 그저 가기 무렴(無廉)하니 차운 한 수 하사이다."

운봉이 반겨 듣고 필연(筆硯)을 내어주니 좌중이 다 못하여 글 두 귀를 지었으되 민정을 생각하고 본관 정체(正體)를 생각

---

5) 명구를 뽑아 적은 책권.

하여 지었겠다.

금준미주(金樽美酒)는 천인혈(千人血)이요[1]
옥반가효(玉盤佳肴)는 만성고(萬姓膏)라[2]
촉루낙시(燭淚落時) 민루낙(民淚落)이요[3]
가성고처(歌聲高處) 원성고(怨聲高)라.[4]

이렇듯이 지었으되 본관은 몰라보고 운봉이 글을 보며 내념
(內念)에,
"아뿔사 일이 났다."
이때 어사또 하직하고 간 연후에 공형(公兄) 불러 분부하되,
"야야, 일이 났다."
공방 불러 포진(鋪陳) 단속, 병방 불러 역마(驛馬) 단속, 관청
색(官廳色) 불러 다담(茶啖) 단속, 옥 형리 불러 죄인 단속, 집
사 불러 형구(形具) 단속, 형방 불러 문부(文簿) 단속, 사령 불
러 합번(合番)[5] 단속, 한참 이리 요란할 때, 물색 없는 저 본관
이,
"여보, 운봉은 어디를 다니시오."
"소피(所避)하고 들어오오."
본관이 분부하되,
"춘향을 급히 올리라."

---

1) 금 술잔의 좋은 술은 천 사람의 피요,
2) 옥소반의 아름다운 안주는 만백성의 기름이라.
3) 촛불 눈물 떨어질 때 백성 눈물 떨어지고,
4) 노랫소리 높은 곳에 원망 소리 높았더라.
5) 큰일이 있을 때 관원들이 모여서 숙직하는 일.

고 주광(酒狂)이 난다.

　이때에 어사또 군호(軍號)할 때, 서리 보고 눈을 주니 서리·중방 거동 보소. 역졸 불러 단속할 때, 이리 가며 수군, 저리 가며 수군수군, 서리·역졸 거동 보소. 외올 망건(網巾), 공단(貢緞) 쌔기, 새 패립 눌러 쓰고 석 자 감발[6], 새 짚신에 한삼 고의 산뜻 입고 육모 방치 녹피(鹿皮) 끈을 손목에 걸어 쥐고 예서 번뜻 제서 번뜻 남원읍이 우군우군, 청파역졸(靑坡驛卒) 거동 보소. 달 같은 마패를 햇빛같이 번뜻 들어,

　"암행어사 출두야."

　외는 소리 강산이 무너지고 천지가 뒤눕는 듯, 초목금수(草木禽獸)ㄴ들 아니 떨랴. 남문에서,

　"출두야."

　북문에서,

　"출두야."

　동·서문 출두 소리 청천에 진동하고,

　"공형 들라."

　외는 소리 육방이 넋을 잃어,

　"공형이요."

　등채로 휘닥딱,

　"애고 중다[7]."

　"공방 공방."

　공방이 포진 들고 들어오며,

　"안 하려면 공방을 하라더니 저 불 속에 어찌 들랴."

---

6) 버선 대신에 베 석자로 발을 감는 것.
7) 죽는구나.

등채로 휘닥딱,

"애고 박 터졌네."

좌수 · 별감 넋을 잃고, 이방 · 호장 실혼하고, 삼색 나졸 분주
하네. 모든 수령 도망할 때 거동 보소. 인궤(印櫃)[1] 잃고 과절[2]
들고, 병부(兵符)[3] 잃고 송편 들고, 탕건(宕巾) 잃고 용수[4] 쓰
고, 갓 잃고 소반 쓰고, 칼집 쥐고 오줌누기. 부서지니 거문고
요, 깨지느니 북 · 장고라. 본관이 똥을 싸고 멍석 궁기 새앙쥐
눈 뜨듯 하고 내아로 들어가서,

"어 추워라. 문 들어온다 바람 닫아라. 물 마른다 목 들여라."

관청객은 상을 잃고 문짝 이고 내달으니 서리 · 역졸 달려들
어 후다딱,

"애고, 니 죽네."

이때 수의 사또 분부하되,

"이 골은 대감이 좌정하시던 골이라, 훤화(喧譁)를 금하고 객
사로 사처(徙處)[5]하라."

좌정 후에,

"본관은 봉고파직(封庫罷職)[6]하라."

분부하니,

"본관은 봉고파직이요."

---

1) 관아에서 인(印)을 넣어 두는 상자.
2) '과즐'의 사투리. 유밀과.
3) 발병(發兵)을 신중하고 확실하게 하기 위해 왕과 병권을 맡은 지방관 사이에 미리 나누
   어 가지는 신표.
4) 술을 거르는 데 쓰는 싸리나 대로 만든 둥근통과 비슷한 기구.
5) 옮겨 둠.
6) 어사나 감사가 못된 원을 파면시키고 관가의 창고를 봉해 잠그는 일.

사대문에 방 붙이고 옥 형리 불러 분부하되,

"네 골 옥수(獄囚)를 다 올리라."

호령하니 죄인을 올리거든 다 각각 문죄 후에 무죄자 방송(放送)[7]할새,

"저 계집은 무엇인고."

형리 여쭈오되,

"기생 월매 딸이온데 관정에 포악한 죄로 옥중에 있삽내다."

"무슨 죄인고."

형리 아뢰며,

"본관 사또 수청으로 불렀더니 수절이 정절이라, 수청 아니 들려 하고 관전에 포악한 춘향이로소이다."

어사또 분부하되,

"너만 년이 수절한다고 관정 포악하였으니 살기를 바랄소냐. 죽어 마땅하되 내 수청도 거역할까."

춘향이 기가 막혀,

"내려오는 관장마다 개개이 명관이로구나. 수의 사또 들조시오. 층암절벽 높은 바위 바람 분들 무너지며, 청송녹죽 푸른 낡이 눈이 온들 변하리까. 그런 분부 마옵시고 어서 바삐 죽여 주오."

하며,

"향단아, 서방님 어디 계신가 보아라. 어젯밤에 옥 문간에 와 계실 때 천만 당부하였더니 어디를 가셨는지, 나 죽는 줄 모르는가."

7) 나라나 관아에서 죄인을 감옥에서 나가도록 풀어 줌.

"얼굴 들어 나를 보라."

하시니 춘향이 고개 들어 대상을 살펴보니 걸객으로 왔던 낭군 어사또로 뚜렷이 앉았구나. 반 웃음 반 울음에,

"얼씨구나 좋을씨고 어사낭군 좋을씨고. 남원 읍내 추절(秋節) 들어 떨어지게 되었더니 객사에 봄이 들어 이화춘풍 날 살린다. 꿈이냐 생시냐, 꿈을 깰까 염려로다."

한참 이리 즐길 적에 춘향모 들어와서 가없이 즐겨하는 말을 어찌 다 설화하랴. 춘향의 높은 절개 광채 있게 되었으니 어찌 아니 좋을손가. 어사또 남원공사 닦은 후에 춘향 모녀와 향단이를 서울로 치행할 때 위의찬란(威儀燦爛)하니 세상 사람들이 뉘가 아니 칭찬하랴. 이때 춘향이 남원을 하직할새, 영귀(榮貴)[1] 하게 되었건만 고향을 이별하니 일희일비가 아니 되랴.

놀고 자던 부용당(芙蓉堂)아, 너 부디 잘 있거라. 광한루 · 오작교며 영주각(瀛洲閣)도 잘 있거라. 춘초(春草)는 연년록(年年綠)하되 왕손(王孫)은 귀불귀(歸不歸)라. 날로 두고 이름이라. 다 각기 이별할 때 만세무량하옵소서. 다시 보기 망연이라.

이때 어사또는 좌 · 우도 순읍(巡邑)하여 민정을 살핀 후에 서울로 올라가 어전에 숙배하니 삼당상(三堂上)[2] 입시하사 문부(文簿)를 사정(査正) 후에 상이 대찬하시고 즉시 조선 이조참의(吏曹參議) 대사성(大司成)을 봉하시고 춘향으로 정렬부인(貞烈夫人)을 봉하시니 사은숙배하고 물러나와 부모 전에 뵈온대 성은을 축수하시더라.

이때 이판(吏判) · 호판(戶判) · 좌우 영상 다 지내고 퇴사(退

---

1) 지체가 높고 귀함.
2) 육조의 판서 · 참판 · 참의.

仕) 후에 정렬부인으로 더불어 백년 동락할새 정렬부인에게 3 남 2녀를 두었으니 개개이 총명하며 그 부친을 압두(壓頭)³⁾하고 계계승승하여 직거(職居) 일품(一品)으로 만세유전하더라.

---

3) 첫째를 차지함.

작품 해설

조선 시대 영조에서 순조 사이에 이루어진 것으로 추측되는 애정 소설로, 작자와 연대는 미상이다. 그 제작 동기에 대해서는 전설과 학설이 구구한데, 문헌상에 나타난 고증과 전설은 모두가 유동(流動)하는 설화에 불과하고 학설들은 대개가 추측일 따름이다. 이는 '설화→판소리→소설'의 변이 · 진화 과정에서 잡다한 설화가 이도령과 춘향의 염정적 플롯에 곁들여 하나의 판소리로 응집되는 도중 차츰 암행어사 설화와 열녀 설화의 요소가 삽입된 것으로 생각된다.

이 《춘향전》은 판본 이본(異本)이 5종, 사본이 약 20여 종, 활자본이 50여 종, 번역본이 6, 7종 있는데, 대표적인 것은 경판 《춘향전》과 완판 《열녀춘향수절가》이다. 목판본으로 경판(京板) · 안판(安板) · 완판(完板) 등 3종이 다 나왔고, 활자본으로도 1911년에 발행한 《옥중화》를 비롯해서 30여 종이 있다. 필사본으로는 만화본(晩華本) 《춘향가》가 영조 30년에 나왔으므로,

가장 오래된 작품이다.

내용을 살펴보면 다음과 같다.

전라도 남원 부사의 아들 이몽룡이 방자를 데리고 광한루에서 시를 읊고 있었다. 그때 마침 퇴기 월매의 딸 춘향은 광한루 밑 시냇가에서 향단을 데리고 그네를 뛰고 있었다. 멀리서 이 광경을 본 이도령은 방자를 시켜 춘향을 불러보고 그 자태에 반해 그날 밤으로 춘향을 찾아 가약을 맺는다. 그들은 이내 깊은 사랑에 빠졌으나, 이부사가 갑자기 서울로 영전하게 된다. 이에 따라 이도령과 춘향은 부득이 이별하지 않을 수 없게 되었다. 그런데 새로 온 부사 변학도는 호색가여서 춘향이 절세미인이란 말을 듣고 수청을 들라고 명령한다. 그러나 춘향은 죽기를 맹세코 이를 거절하여 결국 하옥되고 말았다. 한편 이도령은 서울로 올라가자 열심히 학업을 닦아 문과에 급제하여 마침 호남 지방의 암행어사가 되어 내려온다. 춘향이 옥중에서 고생을 당하고 있다는 말을 듣고 그는 부사의 생일 잔치날에 각 읍 수령이 모인 틈을 타서 어사출도를 단행하여 부사를 봉고파직시키고 춘향을 구해 내어 재회한다.

《춘향전》은 순수한 연애와 평등 사상을 고취한 반봉건적 문학으로서 조선 시대 소설 중에서도 최대 걸작으로 평가되고 있다. 이 소설은 춘향과 이몽룡의 연애담을 중심으로 춘향이 수청을 강요하는 변사또에 맞서 절개를 지킨다는 구성으로 되어 있어서 일종의 동양적 정조 관념을 나타낸 것이라고 볼 수 있다. 하지만 자세히 들여다보면 춘향과 이도령의 사랑이 이루어지는 것은, 기생 신분을 벗어나 신분 상승이라는 동기를 충족시키기 위한 것으로 볼 수 있다. 이를 통해 볼 때 열녀 의식이라는 주제는 춘향의 목적인 신분 상승을 위한 수단으로 여겨진다. 한편, 이 작품은 조선의 망종이 울리기 시작한 말엽의 부패상을 보여 주는 동시에, 탐관오리의 가렴주구(苛斂誅求)의 극성으로 몰락하는 관료 봉건 제도에 대한 반항이 성춘향의 수절을 빌어 표현되었다.

이처럼 《춘향전》은 수청을 강요하는 변사또에 맞서 열녀 의식을 표방하면서 신분 상승을 성취하는 춘향의 모습과 당시의 탐관오리 문제와 이에 대한 백성들의 반항을 보여 줌으로써 읽는 이들에게 춘향을 통한 대리 만족을 안겨 주었다.

┃구 인 환┃

서울대학교 사범대학 국어교육과 졸업
서울대학교 대학원 국어국문과 수료(문학 박사)
서울대학교 사범대학 교수
국어국문학회 대표이사 및
한국소설가협회 이사
문학과문학교육연구소 소장
서울대학교 명예교수

우리 고전 다시 읽기

춘 향 전

초판 1쇄 발행   2002년 11월 25일
초판 6쇄 발행   2015년 12월 30일

엮 은 이   구 인 환
펴 낸 이   신 원 영
펴 낸 곳   (주)신원문화사

주   소   서울시 영등포구 당산동 121-245 신원빌딩 3층
전   화   3664 - 2131 ~ 4
팩   스   3664 - 2130

출판등록   1976년 9월 16일 제5 - 68호

＊ 잘못된 책은 바꾸어 드립니다.

ISBN   89 - 359 - 1056 - 2   03810